20

Satoshi Wagahara
Illustration ■ Oniku

和ヶ原聡司
插畫 ■ 029

打工吧★魔王大人

Kadokawa Fantastic Novels

魔王與勇者，在職場變得抬不起頭

那一天，魔王城遭到天使襲擊。

「魔魔魔魔王王王王王王王王王啊啊啊啊啊！」

「嗚啊啊啊？」

屹立在Villa・Rosa笹塚二〇一號室的玄關，臉色鐵青地用顫抖的嘴唇與聲音呼喚真奧的嬌小男子，是又名猿江三月的沙利葉。

「你可別說不曉得我為什麼要特地跑來找你啊啊啊啊！」

在各種意義上都是真奧生意對手的沙利葉，在平日一大早來訪的理由——

「啊……你也被波及了嗎？」

其實很容易就能想到。

「到底發生什麼事了……你們……你們……」

明明一開始還來勢洶洶，沙利葉現在卻宛如新生的小鹿般雙腳顫抖著靠在真奧身上，眼裡激盪著各種感情。

「你們對木崎店長說了什麼！」

「呃～」

真奧姑且先試著裝傻。

「木崎小姐前陣子確實有久違地回來店裡，發生了什麼事嗎……？」

「她打電話給我，劈頭第一句就是『聽說你的本名是沙利葉』！」

「…………呃～」

看沙利葉激動到口沫橫飛，真奧只好死心回答：

「抱歉。發生了很多事。」

「別想就這樣敷衍過去！」

「哎呀～我可以說實話嗎？」

「怎樣？」

「我完全忘了你的事情。坦白講當時根本沒有那種餘裕。」

「喂喂喂？」

「沒辦法啊！我也沒想到會像那樣被木崎小姐發現真面目！坦白講我們現在也很不容易！」

「我清楚明白你不適合當經營者了！客人來抱怨時，就算撕破嘴也不能反過來對客人發牢騷吧！」

「你到底是來幹嘛的！如果是來抗議，我也只能針對太晚向你報告這件事道歉，真面目曝光這件事完全……」

真奧瞬間遲疑了一下，但因為對象是沙利葉，他未做多想就繼續說道：

「完全不是我的責任！」

「少騙人了！即使你不是洩密者，還是要負間接責任！」

「啊？」

「木崎小姐說她是從佐佐木千穗那裡得知事情的概要！」

「……那又怎樣？」

「雖然不曉得經過，但佐佐木千穗是待在地球的惡魔大元帥吧！她是你的部下吧！既然是魔王，就要好好控管部下！」

惡魔大元帥這個詞讓真奧瞬間遲疑了一下，但他還是姑且反駁道：

「包含蘆屋在內，魔王軍的大元帥從以前就是一群千方百計想要取我性命的傢伙。他們才不會乖乖聽我的命令。」

「就算波及無辜也該有個限度！」

沙利葉氣得跺腳，但真奧也無可奈何。

如今木已成舟，如果想消除沙利葉說的那起「由千穗策劃的事件」造成的影響，就只能使出真奧等人至今一直當成其中一個手段，但從來沒有實行過的「記憶操縱」了。

「……我……到底該怎麼辦才好……」

話雖如此，看見沙利葉大受打擊的樣子，真奧還是忍不住感到有些愧疚。

※

麥丹勞幡之谷站前店。

那是異世界魔王撒旦亦即真奧貞夫的職場，也是許多為他的人類觀與人生觀帶來重大影響的人們工作的速食店。

尤其是前店長木崎真弓，真奧視她為人類，或者該說是社會人的理想榜樣，把她當成自己的目標。

當然，僅限於人類的範疇。

所以即使木崎真弓以非比尋常的速度將真奧提拔為代理店長，甚至推薦他參加正式職員錄用考試，她還是完全不曉得真奧的真面目。

這個情況直到一個星期前才產生改變，起因是艾契斯．阿拉的身體出了狀況。

原本食量就大得異常的艾契斯，從某一天開始變得更加脫離常軌。

問題在於只要艾契斯沒有填飽肚子，就會從臉部發射能對周圍造成實際損害的光線。

即使所有和Villa・Rosa笹塚有關，並知道艾契斯與真奧狀況的人都輪番上陣，依然無法解決艾契斯的問題，最後居然還有人把她帶到麥丹勞幡之谷站前店。

那個人就是日本最早得知真奧與安特・伊蘇拉狀況的少女，佐佐木千穗。

真奧至今仍不明白千穗為什麼要那麼做，也不曉得她是怎麼辦到的。

雖然可以確定地球的質點家族——公寓房東志波美輝和她的姪女大黑天禰都有深入參與這件事，但真奧現在根本無法確認。

在那之後，真奧原本想找自己的鄰居，也就是當時協助千穗的鎌月鈴乃打探消息，但忙碌的鈴乃在事件隔天就立刻返回安特・伊蘇拉。

如果是平常的鈴乃，應該會阻止千穗亂來，或是提出其他的替代方案。

但當時的鈴乃也並非真奧平常認識的她。

在千穗帶完全沒有好轉跡象的艾契斯去麥丹勞的前一天。

雖然那天的事對真奧來說是青天霹靂，但確實發生了。

鎌月鈴乃——那個過去被當成死神之鎌・貝爾為人恐懼，平常總是深思熟慮又擁有豐富人生經驗的鈴乃，居然偏偏對真奧做出愛的告白。

真奧過去一直以為眼前變得一片空白只是一種比喻，但實際體驗過後，他發現自己在那個瞬間的心理狀態確實只能如此形容。

視野變得狹窄，感覺胃和心臟也瞬間緊縮。

真奧還不至於看不出來鈴乃說的是不是真心話。

兩人就是一起共度了如此漫長的時間。

所以真奧才會感到困惑，並在驚恐的狀態下逃跑了。

他認為可能就是這件事，間接引發了千穗那可以用失控來形容的行為。

總而言之，現在已經無法回頭了。

艾契斯在被帶到店裡那時，已經是無法敷衍過去的狀態，當時在場的前店長木崎真弓、現任店長岩城琴美和真奧的兩位同事川田武文和大木明子，都因此發現千穗究竟涉入了什麼樣的事件。

真奧、惠美、阿拉斯．拉瑪斯、艾契斯和利比科古的真面目與出身，當然也都跟著曝光了。

真奧和惠美當時完全跟不上情況的變化，光是勉強收拾場面就竭盡全力。

所以他們才沒注意到。

沒注意到還有一個人會在真奧、惠美和安特．伊蘇拉的事情曝光後被牽連。

無辜遭到牽連的沙利葉，是在千穗大爆料後又過了一個星期才來找真奧。

※

「……坦白講，我和惠美都很吃不消，但木崎小姐、岩城店長、小川和明明……啊，就是川田和大木，他們的狀況應該比我們更慘，甚至覺得膽戰心驚吧。把店修好需要三天的時間，這段期間只能暫時歇業，仔細想想，當時也有順勢提起你的事情……抱歉，忘了告訴你一聲。」

沙利葉大鬧完後跪倒在地，真奧稍微認真地對著他的後腦道歉。

「不，算了。」

「啊？」

「我並不恨你們。」

「你剛才有說是來抱怨的吧？」

「確實是這樣沒錯。但這麼一來，我就不用再對木崎小姐掩飾自己了。」

這句話讓真奧忍不住補上一句。

「你有掩飾過自己嗎？」

從真奧的角度來看，沙利葉對木崎掩飾的就只有本名和出身地而已。

至於沙利葉的本性，光是初次見面時的那些震撼舉止，就已經幾乎表露無遺。

「先不管這個，你還有其他事嗎？如果跟木崎小姐一起獨立開業那件事因此泡湯，那我確實會覺得有點對不起你。」

面對看起來明顯不怎麼愧疚的真奧，沙利葉搖頭回答：

「我最擔心的也是這個，但木崎小姐只有問我是否曾用魔法在商業上耍小手段。她說的魔法，是指聖法氣和法術吧？我可以向天地神明發誓，絕對沒有做過那種事。」

「大天使學人家說什麼天地神明啊。唉，總之不好意思，是我們這邊太晚通知你了。就像我剛才說的那樣，除了木崎小姐以外，岩城店長、川田和大木也知道了，所以要記清楚這些人和其他人不同。那我差不多該去上班……」

「喂，我的話還沒有說完。」

「還有什麼事。就算身分曝光也沒什麼關係吧？」

「不對！那個，我姑且是想確認一下！」

「嗯？還有什麼好確認……」

「除了我的真面目以外，你們還有提到其他事情嗎？」

「嗯～？」

「你們只有說我是來自異世界，不是人類而是天使，還有會用法術而已吧？」

明明一開始還來勢洶洶，沙利葉現在的語氣卻顯得有些害怕。

真奧稍微思索了一會兒後，突然想起一件事。

「因為曝光的契機是艾契斯，所以不好意思，有提到你們這些天使和天界是我和惠美的敵人喔？」

「那些宏大的事情對我來說一點都不重要！」

真奧推著沙利葉來到公共走廊，替玄關大門上鎖後若無其事地說道：

「放心吧，關於你綁架小千和惠美，還有想脫惠美衣服的事情我都還沒說。」

「不要啊啊啊啊啊啊啊啊啊啊啊啊！」

真奧無視抱頭吶喊的沙利葉，悠閒地走下公共樓梯。

「你這就叫自尋煩惱。」

對比真奧和蘆屋還快適應日本，厚臉皮地說想和木崎真弓共度一生的沙利葉來說，與真奧他們敵對時做出的種種行為，都是絕對不能曝光的黑歷史。

當然，真奧他們也沒打算主動貶損沙利葉。

雖然在公共走廊上哀號個不停，但沙利葉的戰鬥能力完全不輸沒使用「基礎」碎片的惠美或真奧。

如果沙利葉突然因為某個原因改變立場，真奧他們根本無法在不對周遭造成損害的情況下制伏他。

目前還得靠木崎將他綁在日本過和平的生活。

所以真奧永遠不會打出這張「王牌」。

要不是沙利葉主動提起，真奧甚至不會想起這件事，進一步而言，真奧現在面臨的問題早就大到讓他覺得沙利葉的存在和真面目根本無關緊要。

首先，在發生過那樣的事情後，艾契斯的身體狀況還是沒有好轉。

仔細想想，這也是理所當然，儘管對真奧他們來說是大事件，但對艾契斯來說只是吃得比平常多，情況既沒有解決也找不到原因。

話雖如此，能夠不用偽裝自己的場所變多還是稍微舒緩了艾契斯的壓力，她現在的食量似乎……已經只剩下顛峰時期的一半。

之所以無法確定，是因為真奧從那天以後就再也沒和艾契斯碰過面。

從那天開始，真奧與周圍的人就突然變疏遠了。

真奧原本就不曉得千穗和鈴乃在打什麼主意，公寓的房東——志波的族人又在奇怪的地方暗中行動。

就連艾契斯的身體狀況，都是因為之前碰巧在公寓前面逮到諾爾德才打聽到的。

真奧和艾契斯是融合關係，只要他有那個意思，隨時都能強制把艾契斯叫來。

但即使這麼做也無法獲得任何情報，真奧一個人也無法準備足以餵飽艾契斯的食物。

結果真奧這幾天只能任憑其他人擺布，在沒有從任何人那裡獲得詳細說明的情況下，過得非常悶悶不樂。

當然，惠美的狀況也一樣。

尤其惠美前陣子還在安特．伊蘇拉聽說了蘆屋、漆原和加百列在策劃一些可疑的事情，所以應該更加忐忑不安吧。

在那之後，過了一個星期。

真奧和惠美一次都沒有和艾契斯、鈴乃和千穗取得聯繫。

取而代之的是，有一些人開始在真奧他們周圍來來去去。

「啊，早安。」

「阿真！」

「小、小川，怎麼了嗎……」

真奧憂鬱地穿過店裡的自動門後，川田武文就立刻衝過來。

「又有怪人來了！那絕對是和你們有關的人吧！」

「……在哪裡。」

「十號檯。」

「啊……啊……嗯。」

川田沒有回頭直接說明，他所說的十號檯，是指面向店內牆壁的吧檯型座位，三個服裝明顯與幡之谷這城市格格不入的男子，正挺直背脊坐在那裡。

「抱、抱歉，總是麻煩你。真是的，我明明叫他們要好好打扮過再來……」

真奧沮喪地垂下肩膀，川田哭著臉說道：

「剛才利比已經跟他們吵過了。他們說那是他們那裡的正裝。」

「……不用穿什麼正裝啦。」

真奧看向那三個男子，他們的左手都纏著藍色手巾。

「店長呢？」

「她收到像金塊的東西，正感到不知所措。」

「我知道了。我會好好教訓他們。」

「真的拜託你了……」

在川田的注視下，真奧從背後向手上纏著藍色手巾的男子們搭話。

「（喂，你們這些笨蛋。要我說幾次你們才會明白這裡不是安特・伊蘇拉。）」

「……」

其中一個高大男子轉過身，他的身高比另外兩人高一顆頭，眼神毫無破綻。

「（是魔王撒旦啊。）」

「（嗯。）」

「（你知道我們是誰吧。）」

「（誰知道。我才不認識打扮這麼奇怪，又囂張地以為所有人都認識自己的傢伙。）」

「（……！）」

一旁的男子臉上瞬間露出慍色，但被高大男子阻止。

「（……失禮了。雖然有從先遣隊那裡得知這個國家的風俗，但這已經是我們正蒼巾騎士團出任務時最低限度的裝備，光是沒帶武器就已經是我們最大的讓步了。）」

「（我才不管你們國家的狀況。這裡是日本。無論是正蒼巾、統一蒼帝、魔王或勇者，都一樣毫無意義。現在的你們就只是一群怪人。下次等改好國家的規定後再來吧。）」

「（……我會盡力而為。）」

「（那麼，我姑且聽聽看你們今天有什麼事吧……）」

「好、好像談得很順利……嗯？」

川田緊張地從遠處看著真奧正面應付那三個打扮奇特的人時，另一個「當事人」也穿過自動門現身了。

「早安，啊。」

「啊，早安，遊佐小姐。」

惠美立刻發現真奧和那三個打扮奇特的男人，小聲向川田問道：

「早、早安，川田先生……那些人該不會……」

「我聽不懂他們在講什麼，所以只能靠感覺判斷，但他們惹利比生氣又被阿真教訓，現在大概正在說明來意。」

「……真的很不好意思。現在客人多嗎？」

「嗯，這時間還沒什麼客人，但岩城店長不曉得該怎麼處理收到的金塊，所以比起阿真還是先去幫她吧。」

「我、我知道了。真的很不好意思！」

「唉，我是無所謂啦。」

一得知店長正在困擾，惠美就瞬間露出悲痛的表情，慌張地前往員工間。

「要不是發生過那種事，我真的會以為他們只是普通的怪人。那麼……我還是正常工作吧。」

川田自言自語完後，打起精神開始做平常的工作。

「啊，小川，佐惠美剛才一臉激動地衝進了員工間，又有怪人來了嗎？」

此時，大木明子也抱著補充的食材從冷凍房裡回來了。

「阿真正在接待從『那邊』來的客人。遊佐小姐去安撫店長了。」

「店長也太認真了。金塊那種東西，只要隨便找間適當的店賣掉就行了吧？」

「妳才是太過欠缺考慮了。」

川田苦笑著說道。

「是我就會這麼做。因為絕對不會被發現吧。從安特．伊蘇拉來的人又不可能跑去總公司告狀，多出來的錢就請大家一起去喝酒。」

「真是膚淺的想法，妳這些話實在太危險了，既然連異世界魔王都參加過正式職員錄用考試，難保絕對不會有人跑去總公司抗議。所以無論是再怎麼不符合常識的物品，都不可以盜用客人支付的財物。」

「說得也是。畢竟就連佐惠美都在docodemo打工過，或許安特．伊蘇拉人也會打電話呢。哎呀，即使實際發生過這種事，日常生活還是沒什麼變化呢。」

明子若無其事地說完後，就一如往常地將食材放進廚房的冷凍庫裡。

「啊……累死了。抱歉，小川，每次都麻煩你應付那些怪人。」

此時，真奧一臉疲憊地回來了。

川田在回答前先看向用餐區，發現那三個人不知何時已經離開，其他客人也完全沒有起疑。

「……保險起見確認一下，你會用魔法消滅無禮的人類嗎？」

「……才不會。如果這麼做，惠美絕對不會放過我。」

「哎呀，只是保險起見。」

「你是在擔心什麼啊。」

「唉，只要和平地讓他們回去就好。」

「話說我還沒換衣服呢。真的很抱歉。」

川田稍微轉頭，看著真奧急急忙忙跑進員工間。

和真奧相比，川田的表情並未特別緊繃。

等真奧打好卡走出員工間時，已經有新客人從川田那裡拿到托盤找位子坐了。

「小川，利比科古呢？」

「他一個人在顧樓上。你可以去和他換班嗎？」

「好。」

真奧點頭，快步前往二樓的櫃檯。

在經歷過千穗引發的那起可以用失控來形容的大爆料事件後，岩城、川田和明子三人與真奧等人的關係意外地沒什麼變化。

岩城曾問過：

『果然還是該叫你真奧大人？還是魔王撒旦大人比較好？』

唯一讓真奧比較有印象的大概就只有這個。

雙方人馬都沒有特別重新討論過彼此的關係。

其中最主要的理由，大概就是如果他們的關係改變會造成許多困擾這個現實考量吧。

再來就是真奧平常累積的信用吧。

川田曾在某個時候說過：

『話先說在前頭，我可不是完全不害怕喔。』

就在真奧覺得這也很正常時，川田接著說道：

『但如果會發生什麼事，應該早就發生了，既然阿真你們沒打算做什麼，那我也不需要太過戒備。』

真奧在感謝川田的友情支持與理性分析的同時，也為必須隱瞞其實第一次與沙利葉對決時發生過不少驚險的事這點感到愧疚，深深向川田低頭道歉。

明子、岩城和木崎的反應也差不多是這樣。

惠美和利比科古應該也都已經各自和員工們達成共識。

雖然沒有特別討論過，但兩人和岩城他們之間的關係看起來並沒有什麼太大的改變。

真奧再次體會到自己能在這裡工作是多麼幸運。

「……魔王大人，川田前輩上來了。」

「咦？」

與真奧換手準備去一樓幫忙的利比科古的聲音，讓真奧抬起頭，然後發現川田帶著微妙的表情走上樓。

「阿真，又有客人來了。」

「啊……」

「這次的客人會說這裡的語言。好像是西大陸某某教會的人？」

「……啊……真不好意思。」

跟在川田後面上樓的男子，穿著和鈴乃之前穿的服飾很像的豪華法衣，不管怎麼看都不像是來麥丹勞用餐。

真奧對男子沒什麼印象，大概不是滅神之戰的成員吧。

「為什麼你們都要穿成這樣過來……」

「上層嚴厲指示絕對不能失禮。這是用來表示大法神教會最高敬意的法衣……」

聖職者激動地說到一半就被真奧打斷。

「回去跟你的上司說，穿成這樣來給我和我的同事添麻煩才是真的失禮。」

「……喔。」

聖職者一臉難以釋懷的樣子，真奧指著吧檯座位說道：

「唉，今天就算了。但回去前記得稍微研究一下日本的打扮，不然我再也不會聽你們說任何話。」

「是的？」

「誰理你們啊。我才覺得困擾。所以有什麼事？」

「那、那樣會讓我們很困擾。」

真奧以銳利的眼神瞪向男子。

「你是哪一邊的人。克莉絲提亞·貝爾，還是賽凡提斯·雷伯力茲？」

「……我是大神官賽凡提斯的部下。」

之前來的那三個男子，是八巾騎士團裡地位最高的正蒼巾騎士，這次來的聖職者則是大法神教會六大神官之一的賽凡提斯的部下。

自從真奧和惠美的真面目被川田他們發現後，就不斷有許多來自異世界安特·伊蘇拉，打扮和一般顧客截然不同的客人造訪麥丹勞幡之谷站前店。

「誠實是件好事。去裡面等一下，我有空會去聽你說話……啊！」

真奧用嚴厲的語氣命令男聖職者去二樓最裡面的位子坐下，然後跑向一臉不悅的川田，雙手合掌道歉：

「對不起！真的很對不起！不好意思，我想順便拜託你一件事，如果之後又有這種客人來，可以換交給惠美應付嗎？」

「……是沒關係啦，不過阿真。」

「咦？」

「我覺得比起服裝，還是先解決錢的問題比較好。不管穿的衣服再怎麼奇怪，只要安靜坐著就只是個奇裝異服的客人，但用金塊或寶石付錢會讓店長很困擾，明明也會開始說些不曉得是開玩笑還是認真的話，讓我很難放鬆。」

「真的非常抱歉！」

真奧不斷向川田道歉，讓男聖職者像是看見什麼異常現象般驚訝地瞪大眼睛。

男聖職者看著川田下樓後——

「來這裡的傢伙全都跟你一樣驚訝。」

利比科古察覺男聖職者的反應，笑著如此說道。

「你、你說什麼？」

「小心點，人類。如果惹這裡的員工不高興，魔王大人和勇者艾米莉亞就再也不會聽你們說話了。」

「我、我會謹記在心……話、話說你是……」

「我嗎？我是在魔王軍內擔任馬勒布朗契頭目的利比科古。話先說在前頭，這間店的人類都知道我的身分。即使如此，我依然是這裡地位最低的人。你要好好注意自己的言行。」

男聖職者倒抽了一口氣，慌張地跑向真奧指定的座位。

過去曾為安特．伊蘇拉南大陸帶來慘劇的馬勒布朗契頭目，在這間店居然只能排最後，這讓男聖職者感到非常害怕。

「每個傢伙來這裡時都很安分呢。這表示佐佐木千穗的行動進展得非常順利吧？」

「我不予置評。」

利比科古看向一臉不悅的真奧，露出同情的苦笑，他輕輕以視線向真奧致意後，就直接走下樓去。

「順利嗎……」

到底哪些事情順利，哪些事情不順利。

真奧已經搞不懂了。

畢竟現在安特．伊蘇拉各地的有力人士，都接連不斷地來麥丹勞幡之谷站前店「問候」。

至於他們為什麼要做這種事情……

原因就是千穗和鈴乃策劃的「第二次進攻魔王城計畫」，那些只知道表面資訊的人，應該難以想像將發生什麼事吧。

而真奧和惠美，其實也有點跟不上狀況。

※

首先來拜訪的，是對真奧、惠美和利比科古來說都不怎麼意外的人物。

畢竟對真奧他們來說，那個人就算出現在日本也完全不會讓人驚訝。

但最早並立即察覺情況不對的人是惠美。

因為那個人已經徹底研究過日本的文化，照理說應該不會穿成那樣來麥丹勞。

「大家好～～」

「艾、艾美？妳怎麼打扮成這樣？」

艾美拉達・愛德華。

她是勇者過去討伐魔王時的其中一個夥伴，不僅是滅神之戰的主要成員，也是惠美最好的朋友。

艾美拉達曾經在惠美位於永福町的公寓住過一段時間，但了解日本文化風俗的她，不知為何居然穿著神聖・聖・埃雷帝國的宮廷法術師的正裝來訪。

「這打扮一點都不奇怪喔～～」

「……艾美？」

惠美發現艾美拉達的表情不太對勁。

雖然表面上看起來十分平靜，但無論眼睛或嘴巴，表現出來的情緒幅度都只有她平常的一半而已。

惠美透過經驗得知。

艾美拉達大概在生氣。

或許是聽見惠美驚訝的聲音，原本在二樓咖啡櫃檯的真奧衝下樓梯，聰慧的法術師以銳利的視線仰望真奧。

「你好，魔王撒旦。」

她以俐落的語氣如此說道。

惠美嚥了一下口水。

看來艾美拉達正怒火中燒。

「艾、艾美拉達？妳怎麼打扮成這樣……！」

「你和艾米莉亞都很在意我的打扮呢？有那麼奇怪嗎？」

「那、那是因為妳……」

「我是代表神聖．聖．埃雷帝國與安特．伊蘇拉的所有人民，來問候這間店的負責人。如果按照對方的文化偽裝自己，會顯得失禮吧？」

「妳、妳在說什麼……」

「我沒時間理會沒用的蠢蛋。艾米莉亞，岩城店長在哪裡？」

「喂？」

「咦？咦？咦？艾美？抱歉，我也有點無法掌握狀況。」

「……那個，發生什麼事了？」

此時，或許是察覺外場的氣氛不對，岩城從廚房裡現身。

艾美拉達立刻認出岩城並走向她，然後在她面前下跪行禮。

「呃，那個？這位客人？妳是客人吧？從各方面來說！」

「艾美！等一下！還有其他客人在耶？」

岩城不愧是個成年人，在經歷過千穗的大爆料事件後，已經能察覺這個狀況明顯不對勁。

「您就是琴美．岩城店長吧。我來自聖十字大陸安特．伊蘇拉，是神聖．聖．埃雷帝國的宮廷……」

「可可可以稍等一下嗎？請請請跟我來，我們到裡面談吧！」

岩城立刻做出對應。

她強硬地抓住體格和自己差不多的艾美拉達的手——

「利比！到裡面去！」

「收到！」

「……法術師師師～～……」

對同樣在一旁觀望狀況的利比科古下達指示，然後迅速拉著艾美拉達逃進員工間。

看著三人離開的惠美和真奧、大概明白狀況的明子，以及其他沒有參與爆料事件所以覺得莫名其妙的員工，就這樣被晾在原地。

「總、總之先回去工作吧。」

真奧動用代理店長的權限，強硬地安撫不曉得事情原委的員工們，但這招當然對明子沒用。

「……那就是之前說的那個嗎？」

明子在惠美耳邊低聲問道，後者也點頭回答：

「不過……她以前從來沒做過這種事，為什麼……啊！」

由於自動門在這時候開啟，身為麥丹勞員工的惠美立刻準備迎接客人——

「歡迎光噗？」

然後用力咬到舌頭。

這次來的是位男性。

男子穿著華麗的長法衣。身材高大的他，露出充滿野性的銳利視線。

為什麼他會出現在這種地方？

就連真奧在看見男子的臉後，都皺起眉頭表現出戒備的態度。

「好久不見了，勇者艾米莉亞。恐怕連神都沒預料到我們會以這樣的形式再會吧。很高興看見妳平安無事。」

「大……大神官賽凡提斯……為、為什麼？」

來人是六大神官之一，是目前站在安特．伊蘇拉所有大法神教會信徒頂點的男子。

照理說他應該是即使天翻地覆，也不會出現在日本東京澀谷幡之谷的麥丹勞，並獨自穿過自動門的人物。

賽凡提斯謹慎地環視周圍後，將視線停在僵在樓梯中間的真奧身上。

「……即使親眼看見，還是令人難以置信。」

「我、我才想這麼說……」

賽凡提斯大概是因為看見魔王撒旦變成日本青年的樣子，才會驚訝地這麼說，但惠美至今仍無法相信賽凡提斯居然獨自站在自己的面前。

大法神教會六大神官的實質領導者，賽凡提斯．雷伯力茲。

對真奧和惠美來說，他實際上就是天界的傀儡，是在安特．伊蘇拉的人類世界最大最強的

敵人。

如果被君臨大法神教會頂點的賽凡提斯得知日本和魔王軍的真相，他可能只要一個判斷，就能在一小時內發動一場將整個安特．伊蘇拉和魔王軍都捲進來的大戰。

所以別說是滅神之戰了，照理說就連惠美還活著的情報都不能讓他知道。

然而為什麼他會連一個護衛的教會騎士都不帶，就獨自來到異世界的麥丹勞呢？

「……我沒什麼時間。我被警告不能在這個世界引起騷動。我今天是來見勇者和魔王工作的這間店的負責人。」

「咦？」

「琴美．岩城大人或真弓．木崎大人在嗎？」

雖然不曉得他是透過什麼管道獲得這些資訊，但從賽凡提斯．雷伯力茲口中聽見麥丹勞職員的名字，還是讓惠美感到一陣頭暈。

「呃，那個，岩城目前正在接待客人……」

「有客人啊。那麼不好意思，請讓我在這裡等一下。」

說完後，賽凡提斯沒等惠美回應，就找了個附近的空位坐下。

在真奧、惠美和明子都不知所措的期間，賽凡提斯已經閉上眼睛冥想，動也不動。

「喂、喂，惠美，那是怎麼回事！到底發生什麼事了！」

「我、我怎麼知道！沒想到賽凡提斯大人會來這裡……等、等等！」

惠美想起最近好像在哪裡聽過賽凡提斯的名字。

沒錯，那就是——

「該、該不會是千穗……」

「啊？」

「呃，那個，佐惠美，真奧先生，現在氣氛有點……」

雖然明子比困惑的兩人還要困惑，但是艾美拉達正好就在這個時候從後面的員工間裡走了出來。

賽凡提斯瞬間睜開眼睛，緊盯著朝房間內行禮的艾美拉達，像是想用視線射穿她的背一樣。

艾美拉達抬起頭後，也像是早就知道賽凡提斯在那裡般，抬頭挺胸地直接走向他。

「好久不見。」

「前陣子真是失禮了。」

兩人簡短地互相打招呼。

但在聲音的背後，彷彿能聽見兩人的意志正在交鋒。

「請放心，我只是以她朋友的身分來訪。」

「真巧，我也是以她舊識的身分來這裡呢。」

「原來如此。」

「是啊。」

「……雷伯力茲神官平日如此繁忙，真是辛苦您了。」

「對了，愛德華小姐。雖然我們彼此都很忙，但我還沒為教會之前對貴國與您的無禮道歉。不如下次找時間一起吃個飯吧。」

「哎呀，真是令人高興的邀約。雷伯力茲神官，這是我的榮幸。不然就直接在這裡用餐怎麼樣？」

「現在嗎？在這裡？」

面對驚訝的賽凡提斯，艾美拉達嫣然一笑。

「您不知道嗎？沒點餐就直接占位子，可是違反了這個國家的禮儀。」

「……原來如此。那麼……」

賽凡提斯環視周圍並鄭重地起身後，先是筆直看向惠美，然後看向真奧。

「只要跟他們這些店裡的服務生點餐就行了吧？畢竟我對異世界還不太熟悉，能請愛德華小姐指導我這個國家的文化嗎？」

「如果我幫得上忙，請儘管吩咐。身為大法神教會的信徒，能跟六大神官的成員一起用餐，真是無上的光榮。」

說完後，兩個怪異人物一起站到結帳櫃檯前面。

惠美和真奧無法掌握狀況所以僵在原地，岩城和利比科古還在員工間裡。

因此只剩下明子能去櫃檯服務。

「歡、歡、歡迎光臨……」

惠美和真奧實在不得不大力稱讚替那兩個散發詭異氣氛的人完成點餐的明子。

在那之後，大神官賽凡提斯．雷伯力茲和聖．埃雷宮廷法術師艾美拉達．愛德華找了張小雙人桌，面對面默默吃起了由漢堡、小份薯條和冰咖啡組成的最簡單套餐，除了真奧、惠美和明子以外的人，意外地很快就將視線從這幅怪異的場景移開。

畢竟兩人散發的氣氛明顯並非常人，身上的服裝也太過奇特。

但接受過木崎真弓薰陶的員工，都秉持著只要有付錢和用餐就是客人的原則，岩城琴美的員工也繼承了這份意志，所以他們很快就不再注意這兩個只是有點奇怪的客人。

周圍的其他客人也一樣。

即使正常地生活，還是偶爾會在路上看見一些奇裝異服的人。

無論外表如何，只要行為舉止沒有大幅偏離社會常識，就會被當成世界上的多種態樣之一接受，這也是日本人的一大特性。

從這層意義上來看，真正理解狀況的真奧和惠美才是這個現場的異端。

賽凡提斯沒多久就用完餐，看著留在托盤上的垃圾淺淺微笑。

「人生真的難以預料會發生什麼事呢。愛德華小姐，這裡的餐點吃起來也別有一番風味。」

「我也這麼覺得。這間叫麥丹勞的店，在這個世界也算是頗負盛名，一定也能符合教會總部那些人的胃口吧。」

「希望如此。話說您剛才先幫忙用這個國家的貨幣……」

艾美拉達阻止賽凡提斯繼續說下去。

她身上的錢是在滅神之戰開始前借住惠美房間時順便借來的，但艾美拉達沒有告訴賽凡提斯在付完兩份共七百圓的套餐後，其實還找了三百圓。

「雷伯力茲神官，能為大神官提供聖餐是我的榮幸。」

簡單來講，就是這一餐由我請客，別給我添麻煩。

「……那麼，我就恭敬不如從命了。」

賽凡提斯尊重艾美拉達的意見，點了一下頭後就立即起身。

「我這邊也有事情要做，請原諒我先行離開。再會。」

「嗯，再會。」

結束這段對話後，賽凡提斯筆直走向一臉憔悴地來到外場的岩城。

岩城一察覺他威風凜凜的步伐，表情就因為預期到自己一分鐘後將面臨的命運染上絕望。

「艾、艾美……」

惠美看著賽凡提斯離開後，艾美拉達以感覺有點冷酷的語氣說道：

「事情可不會這麼簡單就結束喔～～？」

「……咦？」

「居然想出這麼誇張的事情～～坦白講～～沒能從一開始就參與～～讓我覺得有點不太高興呢～～」

「什、什麼意思？」

惠美想起千穗前陣子曾帶麥丹勞的人們前往北大陸。

「這跟由千穗擔任議長的那場會議有關嗎？」

「妳覺得會無關嗎～～？」

艾美拉達有些傻眼地說道。

「就算妳這麼說，我們也是從頭到尾都被排除在外！小千、蘆屋和鈴乃都完全沒聯絡我們，他們到底在搞什麼。」

「別開玩笑了～～」

艾美拉達狠狠反擊真奧的怨言。

「雖然原本就預定讓你們兩人留在日本～～但連這麼重要的情報都不共享實在太莫名其妙了～～聽好囉～～？」

艾美拉達接下來道出的事實，遠比真奧和惠美所想的還要嚴重。

「前陣子，迪恩．德姆．烏魯斯大人和大神官克莉絲提亞．貝爾，發送了一份由兩人共同署名的祕密文件。內容是為了整頓中央大陸的混亂，她們想舉辦一場決定世界未來的高峰會，上面還記載了有哪些人會收到這封信。收信人有我、盧馬克小姐、賽凡提斯大人、統一蒼帝和拉吉德．拉茲．萊昂。不僅如此──」

下一個瞬間，真奧和惠美覺得自己差點要昏倒。

「主辦人的名字是魔王軍惡魔大元帥千穗．佐佐木。信上還有她的親筆簽名。你們明白我的意思了嗎？這已經不是你們說句不知情就能解決的狀況了。」

艾美拉達嚴肅的眼神，震撼了真奧和惠美。

「千穗小姐的『第二次進攻魔王城計畫』是一場將整個世界都捲進來的鬧劇，她打算讓我們成為其中的演員喔？不僅要讓魔王軍和安特．伊蘇拉的人類勢力做出了斷，同時還不能犧牲任何人，這就像是透過只有她能辦到的精密作業，去打造一個非比尋常的大舞臺。」

※

以艾美拉達和賽凡提斯的來訪為開始，之後幾乎每天都會有安特·伊蘇拉的有力人士造訪麥丹勞幡之谷站前店。

通常都是特定組織的領導者或地位相當的人物先來訪，然後再換成他們的副手用各種方式過來，那些人並沒有特別做什麼，只是來麥丹勞幡之谷站前店和真奧、惠美和岩城打個招呼就回去。

按照艾美拉達的說法，他們似乎是想在高峰會前監視勇者艾米莉亞，不讓她加入任何勢力。

之所以沒人像八巾騎士團過去那樣亂來，是因為這麼做一定會在高峰會上被抨擊，統一蒼帝、拉吉德戰士長和賽凡提斯的名聲也發揮了很大的效果。

由於大法神教會將發動聖征，因此所有人都認定中央大陸之後將陷入戰亂。

每個勢力都知道如果教會用聖征的名義派騎士團去中央大陸，艾夫薩汗的統一蒼帝絕對不會默不作聲。

當然，教會和艾夫薩汗都想盡可能避免全面衝突，透過進駐中央大陸獲得利益。

此時突然冒出一個高峰會。

迪恩．德姆．烏魯斯是北大陸史上最有名的圍欄之長，其政治手腕也廣受全世界認同。

無論東大陸或西大陸，都不想與北大陸的首領為敵。

站在教會騎士團的立場，為了守護聖征的大義名分，還是希望能夠盡可能減少犧牲，而站在八巾騎士團的立場，即使他們懷抱著遲早要稱霸中央大陸的野心，也無法趕在聖征前做好萬全準備。

按照艾美拉達的說法，千穗主導的高峰會，目的就是將人類與惡魔在滅神之戰前後的犧牲減到最低，「第二次進攻魔王城計畫」也是為此而存在。

與高峰會有關的所有人，都認同這個理念。

每一個組織的最高領導者都希望大家能夠冷靜下來，一起理智地行動，這對人在日本的真奧他們來說是件幸運的事情。

畢竟如果不這麼做，志波的族人絕對不會對真奧他們客氣。

但對真奧來說，他等於是被迫在什麼都不清楚的情況下背負風險，光是這些資訊根本無法讓他安心。

結果今天最後一位安特．伊蘇拉的客人是賽凡提斯手下的男祭司，等能夠下班時，真奧和惠美的精神已經疲憊不堪。

畢竟他們一直在給岩城、川田和明子添麻煩。

雖然岩城表示——

「……沒關係，我已經習慣了。」

但真奧和惠美都在心裡發誓不能太過依賴她的好意。

不僅如此，萬一高峰會的相關人士對麥丹勞周邊的事物造成危害，他們根本就無法負責。

「……總覺得好久沒有這種感覺了。」

「啊？」

當天，惠美在打烊後回家的路上如此低喃。

「這種不曉得一小時後會發生什麼事，必須無意義地繃緊神經的感覺。」

「最近有發生什麼讓妳這麼緊張的事嗎？」

惠美狠狠瞪了牽著自行車走在旁邊的真奧一眼。

「就是剛在笹塚找到你的那段時期啦。」

當然打從使用真奧貞夫這個名字以後，真奧就完全沒打算做惠美等人想像的壞事，但不難猜想惠美當時一定整天都在擔心魔王撒旦何時會對人類下毒手，過著連睡都睡不好的生活。

「……那還真是不好意思。肚子好餓。不曉得今晚吃什麼，不會又是炒麵吧。」

面對這個話題，真奧只能試著轉移焦點。

利比科古晚上十點就先下班回家準備晚餐，真奧刻意開始猜測今晚的菜色。

「不過和那時候相比，光是知道晚上能安心睡覺就算很好了。」

「妳怎麼能夠確定。考慮到八巾騎士團之前對蘆屋和鈴木梨香做的那些事，誰知道他們會幹出什麼蠢事……」

「不可能吧。你想想看。打從艾美和賽凡提斯來過後，就從來沒有兩個勢力在同一時間來訪。而且也沒有人去我的公寓或Villa・Rosa笹塚吧。」

「這麼說來，確實是這樣沒錯。」

「大概是他們的往來都有受到控管。你之前也說過吃了地球的『美麗』質點的虧吧。雖然不曉得安特・伊蘇拉那邊的窗口是由誰負責，但在這邊接應的窗口應該是由志波小姐或天禰小姐負責吧。」

「如果是這樣，那應該不會來店裡吧？」

「……雖然對大家不好意思，但我覺得讓他們來店裡比較好。」

「啊？」

「因為要是他們來你或我的公寓，才真的可能發生那些人擔心的事情吧。例如綁架我們之類的。」

「我才不會讓那些傢伙得逞。」

「你認真聽我說啦。我自己也不是很確信，但店裡有『能夠命令魔王和勇者的店長，以及地位和他們相當的同事』吧。」

「……嗯。」

真奧想起利比科古也曾用類似的話威脅過教會的男子。

「站在對方的立場，他們根本就不敢亂來。如果隨便出手會惹我們生氣，而且也無法確定我們以外的人是否有隱藏實力。這樣即使想賭一把，風險與回報也還是完全不成比例。」

「原來如此……賽凡提斯應該不曉得那場高峰會是怎麼回事吧。其他人則是多少都有在背後互相勾結，必須慎重行事。」

「即使如此，賽凡提斯還是只比艾美晚來，真是個不容小覷的人。如果是賽札爾或摩洛就絕對不會這麼做。」

「我完全不曉得鈴乃以外的六大神官在想什麼……所以對我來說每個傢伙都一樣。」

真奧瞬間欲言又止，用力吐了口氣。

接下來好一段時間，都只能聽見杜拉罕二號的鏈條轉動的聲音。

「哼～那你有好好回覆貝爾了嗎？」

「……………………………………饒了我吧。」

真奧原本期待惠美能夠忽視他之前欲言又止的部分，但對手可沒這麼好應付。

「一般這種事在有結論前都應該要保密吧。那個笨蛋到底在想什麼。」

如果傾訴的對象是千穗，那還算無可奈何，但真奧實在不希望鈴乃隨便就把她做出愛的告白後，男方什麼都沒說就跑掉的事情告訴別人。

像是看穿了真奧內心的想法般，惠美皺起眉頭說道：

「你這樣講實在太過分了。」

「明明是聖職者，口風卻這麼鬆。」

「在聖職者的世界，向別人告解內心的煩惱才是常態吧。」

「居然說是告解。別隨自己方便解釋啦。到底要經歷過什麼樣的生活，才會認為以聖職者的性格能夠坦率接受這種事情啊。」

真奧開始雜亂無章地抱怨，非常不悅地側眼瞪向惠美。

「妳什麼時候聽說的。木崎小姐她們去過安特．伊蘇拉回來的時候嗎？」

「是啊。」

「那妳也拖太久了吧。」

「畢竟之後發生的事情在各方面都更加棘手，而且這次和千穗的狀況完全不同。」

交通號誌變綠燈後，兩人一起踏出腳步。

「如果給我機會辯解，我會說那只是一場事故。我不曉得妳聽說了什麼，但找我抱怨完全是找錯人了。」

「你在拉什麼無聊的預防線啊。我又沒打算找你抱怨。」

因為覺得真奧講話速度莫名變快的樣子很有趣，惠美忍不住露出微笑。

「不過既然如此，我就來說一下聽見這件事時首先產生的感想吧。」

「我叫妳別再說了。」

「你其實非常不會應付這種重大場面呢。」

「……妳這傢伙。」

因為覺得真奧咬牙切齒的樣子很有趣，惠美的笑容又變得更深了。

然後——

「魔王。」

「吵死了。」

「有人在。」

「我知道。」

對方隱藏在夜晚的幡之谷暗處。

甲州街道設有綿延不斷的路燈，路上也還有車子和行人。

但真奧和惠美清楚感覺到有視線正不客氣地看向這裡。

「畢竟他們在『那邊』太招搖了。是防備比較鬆懈的人被跟蹤了嗎？」

「如果是這樣，那我反而覺得這個對手太不小心了。這麼明顯的氣息……嗯？咦？等、等一下……」

惠美突然停下腳步，慌張地環視周圍，下一個瞬間——

「不、不行！」

惠美胸前發出微弱的光芒，同時響起一道像氣球破裂的微弱聲響。

「喂、喂，惠美？剛才那該不會是阿拉斯．拉瑪斯……」

剛才的聲響，是阿拉斯．拉瑪斯出現時的聲音。

現在是晚上十二點。

「是、是睡到一半哭鬧嗎？」

「雖、雖然她偶爾會這樣，但最近已經很少……咦？阿拉斯．拉瑪斯？」

惠美的聲音因為困惑而顫抖。

「……妳在哪裡？」

「什麼？」

惠美察覺接住「愛女」的手臂感覺比平常輕，開始感到動搖。

真奧也在發現有樣堅硬的東西於惠美腳邊打轉後，才察覺情況不對而臉色大變。

「只、只有衣服……？」

惠美手上只有阿拉斯．拉瑪斯早上穿的連身裙。

阿拉斯．拉瑪斯用的放鬆熊水壺、點心袋和裝著換洗衣物的袋子都掉落在惠美腳邊。

「怎、怎麼會像這樣分離？話說連這些東西都能收進身體裡嗎？」

相較於對奇怪的地方感到驚訝的真奧，惠美的臉色瞬間變得鐵青。

「……不見……不見了！」

「啊？」

「只有阿拉斯．拉瑪斯不見了！衣服和水壺原本都在她身上！」

「……妳說什麼？確定不是睡著後自己亂脫衣服嗎？」

雖然不曉得在融合狀態下能不能這麼做，但惠美對還是搞不太清楚情況的真奧搖頭喊道：

「只要融合就會知道是不是那樣！這點你也一樣吧！阿拉斯．拉瑪斯？阿拉斯．拉瑪斯，妳在哪裡？」

惠美不斷尋找失蹤女兒的身影，將剛才察覺的視線完全拋諸腦後。

「冷、冷靜點。只要再融合一次就……」

「我已經試過了！但辦不到！」

「可惡，真的假的。」

事到如今，真奧總算也開始理解事情的嚴重性，撿起掉在腳邊的水壺和裝衣物的袋子環視周圍。

照理說阿拉斯．拉瑪斯絕對不可能走失。

但惠美之所以會失去冷靜，並不完全只是因為發生了出乎意料的狀況。

「該不會……該不會是那傢伙做了什麼……！」

她回想起阿拉斯．拉瑪斯之前被奪走的感覺。

想起在魔界的地底。

那個完全無法對抗神祕太空人的自己。

質點能夠輕易解除彼此的融合狀態。

融合是將生命根源的部分連繫在一起，從這種絕對的安心感產生的自負出現了動搖，讓惠美的內心更加受到打擊。

「嗯！」

此時真奧突然察覺一件事。

「惠美！冷靜點！現在還不用太擔心！」

「什麼叫不用擔心！魔王！我們快點分頭去找她……！」

「妳還是可以試著跟她融合吧！這表示你們還連接在一起！」

「……唔！」

這句話稍微減輕了惠美的動搖。

「阿拉斯・拉瑪斯的意志還跟妳連在一起，這表示她不是被別人搶走。雖然我們完全沒想像過這種狀況，但她只是單純走失而已！」

「是、是這樣嗎……」

「也只能這麼想了！喂，總之先用概念收發之類的手段通知其他人！我去叫醒諾爾德和天禰小姐幫忙找！啊～可惡！要是蘆屋或鈴乃在就好了！」

真奧氣憤地拿出手機，惠美看著他的側臉擦拭含淚的眼角，用力吐了口氣轉換心情。

「……阿拉斯・拉瑪斯，妳去哪裡了……？」

即使呼叫也沒有獲得回應。

而且也看不見她的身影。

但兩人仍連結在一起。

「魔王！我在這附近找找看！」

「好！那麼……」

真奧掃了周圍一眼，確認阿拉斯・拉瑪斯不在附近後，改為尋找剛才的視線。

「我去追那個偷窺的傢伙！」

「嗯、嗯。」

對方還在看這裡。

不曉得視線的主人與阿拉斯・拉瑪斯的失蹤有無關連。

「喂！不好意思這麼晚還打電話！有緊急狀況！」

真奧警戒著那道視線，同時打電話給諾爾德，向他說明事情經過。

「雖然還不太清楚狀況，但她可能會自己走去公寓附近，拜託你幫忙找一下……好，再來是天禰小姐……」

真奧急忙跟立刻就接電話的諾爾德說明完後，換尋找天禰的電話號碼——

「唔哇！」

結果天禰反而先打電話過來，讓真奧嚇了一跳。

「喂，天禰小姐！其實我這邊剛好出了點狀況……咦？」

真奧瞬間無法理解自己聽見了什麼。

但天禰不可能沒事打電話過來跟真奧說這些話。

「喂，惠美！」

真奧大聲叫住朝反方向衝出去的惠美。

「幹什麼！」

「等等，惠美！找到了！」

「……咦？」

「找到阿拉斯．拉瑪斯了！」

「她、她在哪裡？」

惠美再次以驚人的氣勢衝了回來，真奧也一臉難以置信地指向自己耳邊的手機。

「……她在房東家，和艾契斯睡在一起。」

這個答案，讓惠美也跟著變得啞口無言。

※

凌晨一點。

真奧與惠美一臉憔悴地看著睡在艾契斯床上的阿拉斯．拉瑪斯，至於艾契斯本人則是在兩人後面吃飯糰當宵夜。

兩人原本擔心阿拉斯．拉瑪斯會沒衣服穿，但是不知為何她正穿著理應被收在惠美公寓收納櫃裡的黃色連身裙。

雖然有許多讓人搞不清楚的事情，但惠美單純因為找到阿拉斯．拉瑪斯而放心地癱坐在地。

真奧則是原本就討厭志波家，他擔心可能有地球的質點之子在其他房間待命，這種莫名的不安讓他感到煩躁不已。

結果他最後也沒去追那個神祕的視線，等抵達志波家時，已經感覺不到那個視線。

「真奧，你臉色不太好喔？」

「只是很多事讓我覺得不爽。」

「這樣啊～」

「妳為什麼不會吃壞肚子啊。」

「誰知道？」

先不管講話毫不遮掩的艾契斯，真奧和惠美表情凝重地面對天禰。

「雖然你們那邊應該很緊張，但我們這邊也差點被嚇得半死。房間裡突然出現強烈的光芒，害我以為艾契斯終於全身爆炸了。」

「天禰真是太失禮了。」

但也難怪天禰會這麼說。

儘管已經比顛峰時期穩定許多，但艾契斯半夜仍會像現在這樣吃三十顆飯糰，而且只要肚子一餓就會從臉部發射光線破壞周圍。

艾契斯現在是睡在平常借宿志波家時使用的房間，這裡到處都是悽慘的破壞痕跡。

「天爾小姐。」

「嗯？」

「這到底是怎麼回事？」

「你這樣問也太怪了吧？應該是『妳覺得這是怎麼回事』吧？」

「我想問的事情可多了。」

真奧語氣嚴厲地說完後，天爾稍微確認了一下周圍後回答：

「哎呀，不好意思，最近都沒跟你們聯絡。」

「我想說的不是這個。」

「你先聽我說。包含千穗前陣子的那件事在內，我接下來要說的話或許也和艾契斯的狀況有關係。當然，還有阿拉斯·拉瑪斯妹妹剛才初次引發的現象。」

「天爾小姐，妳知道些什麼嗎？」

惠美的語氣聽起來甚至有些悲痛，讓天爾的表情變得更加嚴肅。

「話先說在前頭，我們也不是真的知道什麼。只是能根據經驗大概猜出接下來會發生哪些事，不保證一定正確……所以才會先調整行程，讓喬治叔叔過來一趟。」

「喬治叔叔？」

「真奧之前有見過我叔叔吧。說地球的『美麗』會不會比較好懂？」

「啊！」

真奧想起在千穗與鈴乃失控的前一天，他曾打算闖進志波家，結果後來被一個金髮男子阻止。

「那傢伙……該不會剛才也是……」

雖然覺得這種作法很低級，但該不會之前那道感覺不出敵意或殺氣的視線，就是來自那個最近在真奧身邊徘徊，但又不讓人靠近的可疑金髮男吧。

「這部分就只能請你自行想像了。」

天禰像是看穿真奧的想法般如此說道。

「儘管不曉得這種變化是好是壞，但小美姑姑似乎覺得這是好現象，問題在於這邊的人類……千穗妹妹也被牽扯了進來。我們這邊有很多事不能說，坦白講我自己也有很多事情不知道。畢竟我只是『理解』的女兒，不是『理解』本人。」

「我才不管什麼世界的謎團。我只擔心阿拉斯．拉瑪斯……」

惠美說完後，天禰點頭回答：

「嗯，這我知道。所以先聽我說吧。關於千穗想做什麼，她的行動造成了哪些影響，之後會引發哪些事，以及艾契斯的那個狀況和阿拉斯．拉瑪斯妹妹的這個狀況究竟是怎麼回事……唉，反正看起來阿拉斯．拉瑪斯妹妹今晚應該是不會醒了。」

天爾催促真奧和惠美離開房間。

「去客廳邊喝紅茶邊談吧。畢竟對你們來說應該會是個刺耳的話題。艾契斯，妳的姊姊就拜託妳照顧了。」

「好喔，交給我吧。」

真奧和惠美穿過陰暗的走廊進入客廳，一起坐到深色沙發上後，天爾拿出茶杯，以及真奧也常去的超市出品的自有品牌紅茶包，還有保溫瓶。

「畢竟現在已經很晚了。」

雖然是用茶包泡的，但天爾端到兩人面前的紅茶聞起來很香。

「那麼首先是千穗妹妹為什麼要做出那種事……儘管牽扯到林林總總的因素，但我想先跟你們確認一件事。」

「好的。」

「什麼事……」

「你們還記得漆原老弟在笹塚大鬧那天的事情嗎？」

「咦？」

「那、那當然。」

那對兩人來說是難以忘懷的事件。

在奧爾巴的教唆下，漆原為了殺害真奧與惠美在日本大鬧了一番。

千穗也是在那一天得知真奧等人的真面目。

「關於當時的事情我都是聽別人轉述，但打從一開始聽小美姑姑提起這件事時，我就覺得有點奇怪。其實這個疑問至今仍留在我的心裡。我好歹也是個有出社會工作過的大人，所以就試著按照世間的常識去思考事情為何會變成那樣。」

天禰不斷講些籠統的話，不讓真奧他們插嘴。

她喝了一口自己的紅茶，用帶著笑意的眼神看向兩人。

「你們那天對千穗妹妹做的事情，現在都回到你們身上了。」

「我們那天……」

「對千穗做的事情？」

真奧和惠美互望了彼此一眼，然後異口同聲地說道：

「「害她遇到非常恐怖的事情。」」

「…………呃，這樣講也沒錯。實際上你們現在確實很害怕，但我不是這個意思。」

天禰的聲音裡包含了相當複雜的驚訝。

「雖然我知道你們兩個之間並不是那種糾纏不清的關係，但是或許那樣的交情反而比較適合你們？」

「「啊？」」

「…………沒事，算了。總之不是那種小事，還是不知道嗎？」

天爾再問一次後，兩人稍微思考了一下。

「讓她知道安特．伊蘇拉的事情？像是知道魔王的真實身分，還有我是勇者的事情。」

「嗯，有點接近。」

「這麼說來，當時還曾經想過如果被人發現，就要消除那個人的記憶。」

「好像愈偏愈遠了？」

「……到底是怎樣？」

天爾點了一下頭，放下杯子。

「變成大人後，就很難交朋友。」

然後話題突然轉向完全無關的方向。

「當然不管在工作或私人方面，都會有許多交情好的人喔？不過在開始自己賺錢，變得更了解這個世界後，交朋友這件事就變得比小時候困難許多。」

這大概是要用來比喻什麼吧。

天爾的話讓人完全無法預料接下來的方向，然後她又靜靜提出一個不得了的問題。

「舉例來說……真奧老弟，你的年收入是多少？」

「啊？」

這個問題未免也太唐突了。

「妳、妳怎麼突然問這個？」

「不喜歡這個問題嗎？你去年努力工作了一整年吧？」

「呃，與其說是不喜歡，不如說講出來也沒關係，不過……」

「順帶一提，我去年的收入將近三百萬圓喔。」

「別、別一直講這個啦……」

對社會人士來說，年收入的話題實在太過敏感。

「看來好像很難以啟齒。那換來問遊佐妹妹吧。」

「嗯、嗯。」

「妳以前有交過男朋友嗎？」

「啊？」

「在故鄉有跟人交往過嗎？有向人告白或被告白過嗎？」

「都、都沒有啦！幹嘛突然問這個啊？」

「原來如此，這好像是實話呢，我在遊佐妹妹這年紀時，曾經被三個男孩子告白過喔。」

這些都是不尋常但無關緊要的情報，而且還是非常敏感的話題。

看見兩人都對這些話題感到十分困惑，天禰迅速換了個語氣說道：

「你們有辦法和成年的朋友聊這些話題嗎？」

「「……雖然……不是完全沒辦法……」」

和金錢與男女關係有關的話題，都是可能讓人際關係產生裂痕的雙面刃。

真奧和惠美也不明白這些敏感的話題和千穗的行動有什麼關係。

「千穗妹妹平常一定都有聊喔？」

「這、這是什麼意思？」

「收到多少紅包，一個月零用錢多少，打工賺了多少錢，即使不是交情特別好的朋友，也會正常地聊這些事情。儘管長大後就不太會提，但哪個朋友正在和哪個人交往，對女孩子來說是可以聊得非常興奮的話題……不對，男孩子在大學剛畢業的那段時期也可能會聊吧。有些人會講自己靠小鋼珠或賽馬大賺一筆，或是自己職場的平均年薪……」

天禰瞬間皺起眉頭，大概是有什麼不好的回憶吧，但她立刻搖了搖頭，重新看向兩人。

「不過正常來講，都會很快就不再對別人提起或聽見這類話題。這樣比較容易建立良好的關係，畢竟坦白講這些都是不必要的資訊。但你們對千穗妹妹這麼做了。你們和她變成『共享通常不會告訴別人的祕密』的特別朋友。反過來講，就是只存在於小時候的『無話不談』的朋友。雖然在日本生活的時間還不長的你們可能無法體會，但這種關係可說是奇蹟。無論花多少錢都買不到。視生活方式而定，有些人一輩子都交不到這種朋友。所以千穗妹妹這麼說——」

天禰依序看向真奧、惠美，以及能從客廳窗戶看見的Villa・Rosa笹塚。

「她希望無論何時都能和那樣的對象一起在『那邊』吃飯。」

「……！」

「我一直在思考為什麼你們沒有消除千穗妹妹的記憶，但只想得到一個理由。你們希望自己能確實留在千穗妹妹的記憶裡，並將她當成特別的存在照顧。千穗妹妹也明白這點，特別是她喜歡真奧老弟喜歡到心兒怦怦跳吧？被人這樣特別對待，怎麼可能會不開心呢？」

「什麼叫喜歡到心兒怦怦跳啊。」

真奧姑且吐槽了一下天禰的用詞品味。

「不過反過來看，也可以說你們全力把自己的希望都加諸在千穗妹妹身上。你們應該明白吧？那孩子可是獨自懷抱著天大的祕密。」

「……關於這點……我們也有反省過。」

惠美輕聲低喃道。

「即使如此，結果我們還是一直在依賴千穗的寬容……所以……」

「嗯，我知道你們也因此非常珍惜千穗妹妹——用你們自己的方式。而這些全部都是千穗妹妹現在想反過來對你們做的事情。」

「這是什麼意思？」

「千穗妹妹十分珍惜你們。真奧老弟當然不用說，她也不希望再也見不到遊佐妹妹、蘆屋老弟、鎌月妹妹和漆原老弟。你們想跟千穗妹妹建立『能夠不用掩飾自己』的關係，千穗妹妹也毫不隱藏『希望能一直跟你們在一起』的心情，你們就像這樣將彼此的希望寄託在對方身上。唉，雖然讓事情變成這樣的契機，好像是鎌月妹妹……」

「貝爾嗎？」

「……！」

惠美驚訝地睜大眼睛，真奧則是整個人僵住，只用視線確認惠美的狀況，或許是察覺真奧的反應，天禰的嘴角露出笑容。

「嗯～我也很驚訝喔？為什麼那個性格古板的鎌月妹妹，會那麼積極地協助千穗妹妹呢？我真的不知道呢？」

少騙人了，妳絕對知道。

真奧如此確信。

同時他心裡也有一股衝動，想放聲抱怨鈴乃的口風未免太鬆了。

「千穗妹妹似乎認為即使之後順利打倒神並救出質點之子，真奧老弟你們也無法繼續留在日本。」

「才……」

惠美原本想說「才沒有這種事」，但立刻將話吞了回去。

安特．伊蘇拉之後的情勢，搞不好會比魔王軍出現時更不穩定。

最大的原因當然是教會騎士團發動的聖征，但即使不考慮這點，滅神之戰還是會為整個安特．伊蘇拉埋下紛爭的火種，原因就是「惡魔的定居計畫」。

派駐到中央大陸的人們，從之前就一直針對復興事業互相爭功，包含艾夫薩汗在內，許多勢力都想將那裡納為自己的領土。

在這樣的狀況下，等真奧他們成功討伐神明後，真的能夠繼續像以前那樣留在日本嗎？

絕對不可能。

真奧和蘆屋必須為散落在世界各地的惡魔們奔走，少了這兩個人，漆原也無法獨自在日本生活。

鈴乃和艾美拉達是少數能為人類和惡魔居中調停的人，她們必須完成這項責任。

至於惠美和阿拉斯．拉瑪斯……

「遊佐妹妹，如果要妳在千穗妹妹和阿拉斯．拉瑪斯妹妹之間選一個，妳會怎麼做？」

這個問題實在太壞心眼了。

阿拉斯．拉瑪斯並非惠美的親生女兒。

但這並不是重點。

「千穗妹妹完全掌握了你們所有人的情況，並在這樣的前提下，努力想將你們的希望與責任，和自己的希望整合在一起。只要你們在安特．伊蘇拉的問題能夠和平解決，千穗妹妹就無論何時都能和你們一起吃飯了，她努力想讓世界朝這個方向前進。我不時會收到來自蘆屋老弟、鎌月妹妹和艾美拉達的定期報告，她好像很努力在面對那些大人物喔。」

說到這裡，天禰一臉嚴肅地看向真奧。

「真奧老弟，雖然可能是我多管閒事，但其他地方絕對找不到這麼能幹的女孩子。這已經不是踏破鐵鞋也找不到那種程度的事情了。要是再繼續這樣無所事事，等被她看穿你其實沒什麼斤兩後，馬上就會被拋棄喔？」

「說什麼被拋棄……我……」

「就因為你是這種個性，才無法好好回應鎌月妹妹！」

明明三分鐘前才說過自己什麼都不知道，真希望她別這麼快就破功。

這下就連惠美也跟著懷疑了——

「該不會你其實對貝爾做了什麼吧……」

甚至還說出這樣的話。

「我、我什麼都沒做……」

真奧無力地回答。

「沒錯，真要說的話，應該是別人對他做了什麼才對，真奧老弟根本什麼都沒做。」

「天禰小姐！我要生氣囉！」

因為不想再被惠美知道其他麻煩事，真奧大喊著打斷天禰，但這對情況並沒有幫助。

惠美依然一臉無法接受，不難想像這反而讓她更加懷疑真奧。

「呃，那個，總之我們已經知道小千為什麼要那麼做，也明白我們必須負一部分的責任。而且我們也沒有跟她約定絕對不能告訴別人。」

「的確。仔細想想，我好像也沒特別要梨香保密。」

一般人即使聽了這些事情也不會相信。

真奧他們一直只靠這項事實撐到現在。

想到這裡，真奧突然發現一件事，並倒抽了一口氣。

「啊。」

「咦？」

「……對了……我還沒有去向小千的媽媽道歉。」

「……啊！」

「這樣真的不太妙吧……姑且不論木崎小姐，小千那裡不能這樣吧……這下糟糕了。」

「是、是啊。雖然我們最近都沒見面，但千穗和她媽媽應該都回到日本了吧……必須針對過去的事情，向千穗的父母道歉才行……」

真奧和惠美像發現阿拉斯・拉瑪斯失蹤時那樣，變得臉色蒼白。

天禰有些同情地看著兩人。

問題不單純是他們讓千穗遭遇了幾次危險。

真奧和惠美之前一直偽裝成健全的大人，讓千穗做出許多脫離高中生常識範圍的行動。

尤其是之前在銚子外宿，並因此認識天禰的事情。

當時千穗的母親是因為將惠美和鈴乃當成社會人士信賴，才把千穗託付給她們。

至於真奧這邊，即使是出於千穗本人的意願，他依然隱藏魔王的身分讓她多次造訪公寓，這實在不是什麼值得鼓勵的事情。

「除此之外，我們還讓她請吃飯和幫忙介紹工作……結果我卻……」

進一步而言，真奧其實也對千穗的父親有所虧欠，但這件事不便公開，更不能在這裡說。

「關於阿拉斯・拉瑪斯的事情，也對她說了很多謊……還不曉得拜託千穗幫忙照顧阿拉斯・拉瑪斯幾次了，為了順利蒙混過去，我應該也害千穗對媽媽說了不少謊吧……」

「魔王和勇者居然聚在一起煩惱這麼可愛的事情。」

天禰苦笑著說道，但真奧和惠美都是認真的。

然後，天禰對懊惱的兩人道出更加殘酷的事情。

「雖然你們好像在煩惱該怎麼向千穗妹妹的媽媽道歉，但不好意思，我的話還沒講完。是關於阿拉斯・拉瑪斯妹妹的事情。」

「……咦？」

「艾契斯這段期間一直暴飲暴食，阿拉斯・拉瑪斯妹妹今天則是無法正常分離……這些大概都跟伊洛恩之前的狀況一樣，是質點失控的前兆。」

「不是失控，而是失控的前兆嗎？」

一天要吃六十杯米居然還不算失控，只是前兆而已。

「伊洛恩之前是因為脫離世界太久才會失控，但她們的狀況又不太一樣，這和千穗正在做的事情也微妙地有一點關係。這也符合喬治叔叔的說法。」

「咦？咦？」

千穗的行動居然與質點的失控有關，這讓真奧和惠美陷入困惑。

「在質點當中，『基礎』和『王國』算是對人類的動向特別敏感。畢竟他們對應的要素是靈魂世界和物質。」

「喔……」

「雖然不曉得是怎麼辦到的，但安特・伊蘇拉的『基礎』在碎裂後，誕生出阿拉斯・拉瑪

斯妹妹和艾契斯兩個意志。本來應該由於『基礎』背負的事物，也變成要由兩人一起分擔……唉，這部分的事情本來就比較複雜所以也沒辦法……」

原本毫不避諱地講了一堆事的天爾，說到這裡突然變得吞吞吐吐。

「雖然最主要的理由是因為不想和真奧老弟你們分開，但千穗妹妹目前在安特．伊蘇拉做的事情，最後會讓那邊的世界變得和平，並讓人類與惡魔跨越種族的藩籬團結一致。所以阿拉斯．拉瑪斯和艾契斯也開始受到那邊的影響，作為安特．伊蘇拉的質點，她們本來就具備了這樣的性質，與人類精神有關的重要特徵，也開始強烈地顯現出來……艾契斯的狀況就是變成大胃王。」

「「不，她明顯吃太多了。」」

真奧和惠美今晚已經不曉得是第幾次異口同聲地吐槽了。

「你們好好回想艾契斯之前的狀況。她原本就是誕生自不完整的碎片，又和諾爾德一起在日本待了這麼長的時間。就算累積了好幾年的東西一口氣爆發出來，也沒什麼不可思議的吧。」

「我倒是覺得夠不可思議了……」

「畢竟在日本生活恐怕很難體會能夠吃飽是件多麼難能可貴的事情。」

天爾一臉得意地繼續說道。

「艾契斯的部分大概就是這樣。問題是阿拉斯．拉瑪斯妹妹。這對你們和千穗妹妹來說都是個問題。透過吃東西獲得滿足的心，是由艾契斯負責。既然如此，從阿拉斯．拉瑪斯妹妹的精神年齡和身體來看……她負責的部分應該是不難猜……」

天禰露出和苦笑不太一樣的複雜微笑，看向惠美。

「你們該不會最近都很少陪阿拉斯．拉瑪斯妹妹吧？」

「咦，才沒有……」

惠美話還沒說完就猛然驚覺。

「這麼說來……最近貝爾、艾美和艾謝爾都不在，所以我沒辦法陪她玩太久，爸爸也忙著照顧艾契斯，所以上班時一直都是融合狀態……」

「之前去安特．伊蘇拉的時候呢？」

「因為要忙著處理基納納的事情，所以也幾乎沒辦法陪她玩……」

「千穗妹妹正在努力統整安特．伊蘇拉的各方勢力，讓那裡恢復和平，所以一定也對阿拉斯．拉瑪斯妹妹造成很大的影響。畢竟她是被擱置了很久的碎片。如果一直讓小孩子像這樣忍耐，應該會累積不少壓力吧。」

「……請妳說清楚一點。艾契斯食量變大的問題，只要好好吃飯就能獲得解決吧。那阿拉斯．拉瑪斯現在發生的狀況，又該怎麼處理才好。」

真奧耐不住性子如此問道，天禰先回了一句「你可要做好覺悟喔」後，才繼續說道：

「人類……尤其是小孩子，是絕對餓不得的。艾契斯是因為顯現出這個特徵，才會變成現在這樣。那麼，你們覺得阿拉斯．拉瑪斯妹妹這次是為什麼會『做出』讓爸爸和媽媽擔心的行為？」

「做出……這樣的行為……妳的意思是這次的異常分離，是阿拉斯．拉瑪斯搞的鬼嗎？」

「她想吸引爸爸和媽媽的注意力，讓你們多關注自己，感受父母多到滿出來的愛。所以才會做出這種異常的舉動。」

「喔……」

「這個問題只有你們兩個人能夠解決。雖然對千穗妹妹和鎌月妹妹不好意思，但只能請她們放棄了。」

此時，真奧心裡突然湧出一股不祥的預感。

那股預感告訴他，即使自己周圍已經有許多難解的狀況，接下來將面臨的依然是最糟糕的惡夢。

另一方面，天禰用可以說是殘虐的眼神看著兩人說道：

「真奧老弟，遊佐妹妹。」

那個命令彷彿來自比地獄還要可怕的異界盡頭，等同於死刑宣告。

「你們同居吧。」

「「……」」

一對男女瞬間發出慘叫，但房間裡的「基礎」姊妹仍繼續熟睡。

※

「千穗，方便打擾一下嗎？」

「請進。」

千穗聽見有人敲門，從桌上抬起頭。

「妳還在準備考試嗎？」

迪恩・德姆・烏魯斯走進一間比千穗家裡的房間還要大五倍的辦公室。

「即使不用那麼做，妳也已經累積了足以在這裡養活自己的實務經驗了吧。」

「這種話聽起來就跟奶奶您提早退休到日本悠閒度日一樣，一點現實感也沒有。」

迪恩・德姆・烏魯斯對千穗能力的評價遠遠超出千穗對自己的認識，在千穗逗留安特・伊蘇拉的期間，她三不五時就來拜訪，用盡各種手段想要挖角千穗。

雖然這種不屈不撓的地方和沙利葉有點像，但千穗也大概知道該怎麼應付了。

「妳是明天早上回去吧？我幫妳把資料和土產都整理好了。回去跟媽媽一起吃吧。」

「謝謝。」

在岳仙兵團的嚴密戒備下，諾斯·夸塔斯的北大陸公館正在替即將來臨的高峰會做準備。

「奶奶接下來要回菲恩施嗎？」

「雖然這對老人來說有點辛苦，但畢竟我已經強迫妳做了這麼多事，所以也無可奈何……我今天不是像平常那樣來喝茶的，我帶了一個奇怪的消息過來。」

「奇怪的消息……？」

「是貝爾驚慌失措地送來的消息。好像是日本那裡發生了什麼緊急的事情。」

「奶奶沒有先看內容嗎？」

千穗目前是受到迪恩·德姆·烏魯斯的照顧，才會待在北大陸公館。

話雖如此，因為迪恩·德姆·烏魯斯也會出席高峰會，所以千穗必須像對待其他出席者一樣公平地與她往來。

「不，我姑且是看過了。」

迪恩·德姆·烏魯斯滿是皺紋的臉稍微浮現出困惑的神色，掏出記載著那項情報的紙。

「感覺並不是什麼大不了的事情……貝爾也是高峰會的成員，所以我不能隨便接觸她。關於貝爾驚慌失措的事情，也是從她的部下那裡聽來的。」

「這樣啊……」

迪恩・德姆・烏魯斯一反常態地顯得有些不得要領，千穗姑且先收下那張紙。

「是鈴乃小姐親手寫的呢。」

「雖然好像是日本的某人送來的消息，但感覺並不是需要急著通知的事情。」

自從開始定期前來安特・伊蘇拉後，千穗接觸羊皮紙的機會就變多了，所以她現在已經很熟悉這種紙。

千穗大略看了一下內容——

「……唉————」

然後深深嘆了一口彷彿能將一整天的疲勞都吹跑的氣。

「天禰小姐……居然做這種多餘的事情……鈴乃小姐也一樣，怎麼到現在還會因為這種事情慌張。」

「嗯？」

「啊……我明天不太想回去了。」

「但妳不是得去學校、補習班和參加社團活動嗎？」

「是這樣沒錯……但我不希望被別人認為我是因為知道這件事才急著趕回去。」

「啊？」

「……唉，算了。既然天禰小姐能直接通知鈴乃小姐這種事，表示安特．伊蘇拉現在勉強還算和平，能知道這點也算是個收穫。」

「貝爾到底在緊張什麼？」

「為了鈴乃小姐的名譽，我還是幫她保密吧。應該是不會造成什麼多大的影響。唉。」

千穗再次輕輕嘆了口氣，看向辦公室的窗外。

雖然諾斯．夸塔斯是座大都市，但這裡的星空仍比東京漂亮幾十倍。

「啊，不過……大家知道這件事後應該會很慌張吧……嗯？」

此時，千穗腦中突然在意起某件事。

「同住在一個屋簷下……同住在一個屋簷下……住在一起……」

「千穗，妳怎麼了？是吃壞肚子了嗎？」

就在這個唐突但符合老人風格的關心，讓千穗苦笑地轉過頭時——

「肚子……沒錯，奶奶，就是這個！」

「嗯？」

「奶奶，我可以拜託您一件事情嗎？其實……」

迪恩・德姆・烏魯斯基本上非常溺愛千穗。

只要不是太誇張的事情，她通常都會滿足千穗，而千穗這次的要求，對迪恩・德姆・烏魯斯也是輕而易舉。

「……只要好好遵守程序……名義上的主辦人是諾斯・夸塔斯和我這個監護人……或許意外會變得很有趣呢。」

迪恩・德姆・烏魯斯在聽完千穗的話後，一開始難得表現出困惑，但馬上就開始理解似的點頭。

「好啊，我試著交涉看看。我會要亞威姆盡可能把東西都先張羅好。」

「謝謝您！如果有缺什麼，我也會買來！」

「嗯！我突然開始期待了！」

魔王與勇者，同住在一個屋簷下

從京王井之頭線的明大前站搭一站電車。

在急行電車會停的永福町站下車，然後走約五分鐘的路就會看見一棟公寓。

Urban・Heights永福町。

那裡就是異世界聖十字大陸安特・伊蘇拉的勇者，艾米莉亞・尤斯提納的住處，換句話說就是勇者的基地。

「好、好厲害。」

「……」

某人一看見那棟壯觀的公寓，就忍不住發出讚嘆的聲音，讓惠美露出非常厭惡的表情。

「走兩分鐘就能到便利商店耶。」

「別、別以為有自動鎖我就會怕。我送外送時經常看到。」

「這個大廳的沙發是給誰坐的啊？」

「居然有三座電梯？」

「你可不可以安靜一下？」

惠美激動地大喊，站在她旁邊的人嚇了一跳後就安靜下來。

搭電梯到五樓後，惠美站在最角落的房間大門前面，下定決心將鑰匙插進鑰匙孔。

「我話先說在前頭。」

惠美在轉動鑰匙前開口說道。

「只要你一有什麼可疑的行動……即使是當著阿拉斯・拉瑪斯的面……我也會立刻讓你沒命。」

「好久沒聽妳講這種話了。」

「那還用說……沒想到事情會變成這樣。」

惠美總算死心，將門打開。

「到底為什麼我非得招待魔王來自己家不可！」

就在惠美大喊著開門後，背著一個大背包站在惠美旁邊的真奧，驚訝地看著門後面的寬敞空間。

「妳家也太大了吧！」

即使是從門外看，還是能夠發現裡面光是廚房空間就比Villa・Rosa笹塚二〇一號室大。

另外還有寬敞的洗手臺和大冰箱。

「……室內拖鞋。」

「咦？」

「在來這裡的路上有買吧。穿拖鞋啦。」

「喔、喔……」

原來如此，在玄關臺階上放著一大一小，兩雙看起來已經用過一段時間的拖鞋。

「總、總覺得無法放鬆。」

「你可千萬別穿著襪子踩上去。不然我會要你立刻用除菌溼紙巾擦乾淨。」

惠美不容辯駁的聲音，讓真奧只能乖乖拿出路上買的拖鞋，不熟練地套在腳上。

等真奧戰戰兢兢地踏上玄關時，惠美像是已經放棄般在後面關好門。

門關上後，周圍當然開始變得不通風，這讓真奧開始注意到「這個家的味道」。

「我有點意外呢。」

「……怎樣。」

「我是第一次來妳家吧。」

「……是啊。雖然這種機會一輩子都不需要。」

「唉，我畢竟是來借住的，所以會乖乖聽主人的話，請多指教啦。」

「……」

關上大門後，惠美猶豫了一下該不該上鎖。

「喂，妳不上鎖嗎？就算是自動鎖，也太不小心了吧。」

不會看氣氛的真奧開口問道。

「……你有資格說這種話嗎？」

惠美一臉不悅地像是要把鎖頭扭斷般用力上鎖。

「……為什麼事情會變成這樣……」

惠美回想起三天前那個糟糕的狀況，忍不住直接在玄關蹲下。

※

「即使是為了阿拉斯．拉瑪斯，我也絕對辦不到。請告訴我其他方法。」

「雖然我基本上也不太願意，但有必要說得這麼冷靜又明確嗎？」

「啊哈哈哈哈！」

惠美堅決的語氣讓真奧跟著露出不悅的表情，天禰似乎早就預料到對方會這樣回答，開始捧腹大笑。

「哎呀，真不錯呢！因為聽說你們的關係已經變得比一開始好，所以我本來以為你們的反應會再普通一點，那眼神真的是毫無生氣！」

「雖然不曉得妳期待的是什麼樣的反應，但只有這個不行，絕對辦不到。」

惠美乾脆地搖頭拒絕。

「為什麼……為什麼我非得悲慘到和這個男人同居不可！」

「他是你老公吧。」

「我承認他是阿拉斯．拉瑪斯的爸爸，但我堅決拒絕這個說法。」

「真複雜！實際再聽一次後，真的覺得你們兩人的關係太複雜了！」

「天禰小姐，妳是在戲弄我們吧？這件事關係到阿拉斯．拉瑪斯，所以非常重要。我很抱歉這麼晚還跑來打擾，但請妳認真一點。」

「天禰小姐！」

「啊哈哈哈！」

惠美愈是努力保持冷靜，天禰就笑得愈誇張。

「啊～抱歉抱歉，這又是另一種我沒預料到的反應，所以覺得很好笑。哎呀，不好意思，我這樣其實已經算是很認真了。」

天禰安撫完惠美後重新坐好，並稍微向前探出身子。

「真奧老弟、遊佐妹妹和阿拉斯．拉瑪斯妹妹，你們一家人要一起生活。」

「……這樣道德上沒問題嗎？換個方式講，妳這樣等於是要我和惠美同居吧。」

儘管語氣不像惠美那麼冷酷，但真奧也完全不想和惠美一起生活，所以試著如此問道。

「算我拜託你，就算只是舉例，我也死都不想聽你說出和我同居這種話。」

惠美像是代替艾契斯把吃的東西給吐出來般，表現出強烈的厭惡。

「咦……？」

然後不知為何，天禰瞬間皺起眉頭。

「殘忍殺害全世界人類的惡魔之王，怎麼現在才開始講道德。」

「現在是說這個的時候嗎？這兩件事根本無關吧。」

「哎呀～雖然現在也有人因為家教比較保守而堅決反對這麼做，而且一般來講都是雙方原本感情就很好才會在婚前同居，但你們兩人的關係不是非常差嗎？那就算一起住也沒問題吧。」

「天禰小姐，妳有發現自己講的話很奇怪嗎？」

「別說是同居了，我一秒都不想讓魔王踏進自己的私人領域。」

「欸～可是遊佐妹妹經常去真奧老弟那裡吧。」

「勇者侵入魔王城是理所當然！但哪有勇者會讓魔王進自己家啊！」

「嗯，有道理呢。」

真奧瞬間表示贊同，但天禰不知為何眼神變得非常壞心眼，露出像是計畫成功的表情。

「……唔呵呵呵，遊佐妹妹，妳這就叫做不打自招。」

「怎、怎樣啦！」

「我並沒有指定要住在哪裡吧？為什麼妳要預設是三個人都住在妳家呢……！」

「……啊。」

真奧恍然大悟似的看向惠美，但後者不知為何用比剛才還要平淡的表情和語氣回答：

「雖然妳這樣講可能是想戲弄我，但利比科古目前也住在Villa・Rosa笹塚二〇一號室，這樣一定會打擾到家人相聚的時光，更何況……」

最後，惠美皺起眉頭說道：

「說到養育阿拉斯・拉瑪斯的環境，絕對是我家的狀況比較好。如果把衣服、玩具、洗澡用品和餐具都帶到魔王城，就會變得連腳都沒地方可以踩。雖然我連假設都不想假設，但如果硬要找地方同居，就只能選我家了。」

「嘖……妳意外地冷靜呢。看來狀況比想像中還要棘手。我還以為妳會從臉紅到耳根，並表現得非常慌張。」

「天禰小姐……」

雖然不曉得天禰認真到什麼程度，但這下就連真奧也開始煩惱了。

「但不好意思，目前真的只剩下這個方法了。遊佐妹妹也不希望阿拉斯・拉瑪斯妹妹變得像艾契斯那樣從臉發出光束，或是像伊洛恩那樣全身冒出奇怪的東西在街上大鬧吧。」

「……唔！」

這招對惠美非常有效。

即使是為了阿拉斯．拉瑪斯，惠美也不想跟魔王同居，但如果實際上真的出了什麼事，惠美絕對會後悔自己事先沒有採取對策。

「那、那比如說像這樣不行嗎？貝爾目前人在安特．伊蘇拉，我可以借住二〇二號室……這麼一來，魔王就住在隔壁房間，只要把公寓想成比較大的家，就單純只是平常睡的房間不同了。」

即使如此，惠美仍拚命抵抗。

「而且一樓還有爸爸在。這年頭『三代同堂』也不算罕見吧？」

「真是難纏呢。」

天禰對惠美的掙扎表示佩服，雙手抱胸開始沉思。

「不過這樣利比科古果然會礙事吧？到爸爸、媽媽和爺爺三代同堂這裡都還好，但和爸爸的部下同居實在是有點勉強。」

「對阿拉斯．拉瑪斯來說，艾謝爾和路西菲爾都是熟悉的大人兼魔王的部下！貝爾之前也一直都在！所以條件應該一樣吧！」

「哎呀～這次的條件是『只有家人的和睦生活』，在這樣的情況下，就連蘆屋老弟、漆原老弟和鎌月妹妹都不太適合。」

「我們原本和阿拉斯．拉瑪斯沒有血緣關係，但依然是一家人！所以利比科古應該也沒問題！」

「我沒打算否定這種家族型態喔，但這次的問題和法律或倫理都沒有關係，是要看阿拉斯．拉瑪斯妹妹能不能接受。就算阿拉斯．拉瑪斯妹妹有把蘆屋老弟當成家人看待，利比科古有到那個程度嗎？」

「沒有吧。如果比較對象是蘆屋、漆原和鈴乃，那應該是沒辦法。」

「魔王！你也想辦法說點什麼！就沒什麼好主意嗎！你應該也不想和我同居吧！」

雖然確實是這樣沒錯，但真奧覺得只因為討厭就要一起幫忙想迴避這種狀況的方法，好像從根本上就不符合邏輯。

而且真奧敵視惠美的程度，本來就不像惠美那麼嚴重。

因此——

「我當然是不願意，但如果是為了阿拉斯．拉瑪斯……」

只要和阿拉斯．拉瑪斯有關，真奧就會變得很容易讓步。

「唔唔唔。」

這麼一來，就好像只有惠美把孩子和自己的心情放在同一個天平衡量，讓她覺得自己是個

不稱職的母親。

近年來有工作的母親逐漸增加，認為母親應該將生活的所有時間都花在育兒上的風氣逐漸減弱。

即使如此，有小孩的父母在立場上，還是應該將孩子的健全發展放在第一位，如果完全把這部分排除在自己的人生目標之外，不管怎麼想都不太好。

而現在只顧著堅守自己的立場，忽視阿拉斯．拉瑪斯面臨的問題的人不是真奧，是惠美。

「……唉，我也有些話想要說清楚。首先，雖然已經強調過很多次，但我和惠美既不是夫妻也不是情侶。」

「拜託別再說了。」

「所以無論周圍的人怎麼看，我們都絕對不會犯下那些俗氣的人想像的過錯，這點可以放心。」

「真的別再說了！」

惠美已經變成用喊的了。

「話雖如此，我這邊還有艾契斯這個問題。惠美家和笹塚之間的距離，明顯超過能夠分離的距離。如果我搬到惠美家住，艾契斯就一定得跟過來。但我們現在沒有能力餵飽瀕臨失控的艾契斯。惠美，妳家應該沒有可以一次煮十杯米的電鍋吧？」

「怎、怎麼可能會有！」

惠美開口否定，但真奧提出的關於同居的負面要素比想像中還要有建設性，讓天禰有些意外地靜觀話題的發展。

「再來是諾爾德。再怎麼說都得獲得他的允許吧。」

「……虐殺人類的魔王居然說要獲得對方父親的允許……」

「他是被虐殺的那一邊的人類。雖然他現在冷靜地把我當成鄰居來往，但在心裡的某處應該還是無法原諒我們。正常來想，他不可能允許女兒跟我這種人同居。就算我們之間絕對不會出什麼差錯也一樣。」

面對不斷出言挖苦的天禰，真奧冷靜地封住她的嘴。

「只要是為了阿拉斯．拉瑪斯，我什麼都願意做，但既然惠美這麼不願意，實際執行起來又有許多困難，那住惠美家實在是不太現實。目前最好的作法，應該還是照惠美說的那樣跟鈴乃借房間吧。」

「……魔王。」

「……」

就連天禰也因為真奧條理分明的分析露出嚴肅的表情。

她嘆了口氣，將視線從兩人身上移開，對房間外面喊道：

「他的回答跟我們預期的一樣，你覺得該怎麼辦？」

「咦？」

此時客廳的門被打開，從門後現身的人居然是諾爾德。

「爸、爸爸……！剛、剛才的話你都聽見了嗎……」

「艾契斯的事情就交給我處理。你們放心地為阿拉斯・拉瑪斯努力吧。」

諾爾德剛才應該是在替艾契斯做新的飯糰。

他手上拿著放了飯糰的托盤，簡短說完後就轉身離開客廳。

「等等，爸爸！」

惠美果然無法這樣就接受，立刻追了上去。

不出所料，諾爾德的目的地是艾契斯的寢室，惠美追到房間前面後再次準備開口，但諾爾德皺起眉頭示意她安靜。

「……艾契斯好像也睡著了。艾米莉亞，妳看。」

房間裡，艾契斯正帶著安穩的笑容與阿拉斯・拉瑪斯手牽手，乖乖地熟睡。

「……！」

但惠美看的並不是艾契斯。

她緊盯著阿拉斯・拉瑪斯，驚訝得說不出話。

在那裡的並非惠美熟悉的阿拉斯·拉瑪斯。

她的身體長大了。

阿拉斯·拉瑪斯的身高原本只到艾契斯的腰際，但現在已經變得和睡在旁邊的艾契斯的肩膀一樣高。

阿拉斯·拉瑪斯的四肢也跟著成長，外觀看起來就像是國小低年級的學生。

奇妙的是，阿拉斯·拉瑪斯身上穿的那件黃色連身裙也跟著變大了。

等從震撼當中回過神後，惠美總算發現阿拉斯·拉瑪斯的額頭正發出微弱的光芒。

「碎片……在發光？」

「這幾天艾契斯的額頭也經常發光，不管肚子餓不餓都一樣。雖然每次我們都會非常緊張……但沒想到事情居然會變成這樣。」

諾爾德苦笑著說完後，拿了一顆飯糰給惠美。

惠美不自覺地收下，剝掉包在外面的保鮮膜咬了一口。

「……真好吃。」

「這是五公斤四千圓的米。」

「唔哇。」

「艾米莉亞，我想妳應該也明白。因為融合的緣故，我們和她們的羈絆乍看之下十分穩

固，但其實相當脆弱。」

「……嗯。」

雖然真奧剛才說他無法與艾契斯分開太遠，但其實大家都知道並非如此。

「妳很愛阿拉斯·拉瑪斯吧？但妳有想過還能再跟她在一起多久嗎？」

「……沒有。」

「誰也不曉得滅神之戰結束後，她們會變得怎麼樣。雖然不曉得是刻意不提起這件事，還是在看過志波小姐他們的狀況後就放心了……但誰也不能保證一切結束後，她還能繼續一直跟你們在一起。」

「爸爸……」

「……妳六歲的時候，剛好也是差不多這麼大。」

諾爾德當然也對阿拉斯·拉瑪斯的急速成長感到驚訝。

但他看著靜靜熟睡的「孫女」時，眼裡充滿了更深的慈愛。

「艾米莉亞，小孩子是會成長的。即使覺得他們看起來還小，但往往一回過神就發現他們長大了……這樣的狀況會不斷發生。妳和魔王……在注視阿拉斯·拉瑪斯的時候，有過幾次這樣的念頭？」

小孩子會成長。

這種過於理所當然的道理，在這時候讓惠美激烈地動搖了。

「成長……成長……」

一年了。

再過不久，惠美和阿拉斯．拉瑪斯一起生活的時間就要滿一年了。

然而……

「艾米莉亞。」

「……爸爸，我……」

就在惠美忍不住快哭出來的時候，父親的話瞬間溜進了惠美的心裡。

「艾米莉亞，關於和魔王同居的事情，妳可以再認真考慮一下嗎？阿拉斯．拉瑪斯……阿拉斯．拉瑪斯自從很久以前和其他質點的兄弟姊妹分開後……就一直沒有體驗過『只和家人一起共度』的時光吧？」

「……」

惠美一定就是在這個瞬間死心。

「……話先說在前頭，對未婚的女兒說這種話實在是不怎麼恰當。」

「如果對象是妳和他，在不同的意義上應該會讓人很放心吧。」

「別說和天禰小姐一樣的話啦……真是的，這件事要是被千穗、貝爾或艾美發現，不曉得

她們會說什麼……」

「千穗小姐或許意外地什麼都不會說？」

「所以才可怕。像艾美那種明顯很可怕的類型，反而還比較好應付。唉……」

惠美吃完一顆飯糰後，用力皺起眉頭不悅地說道：

「我明白大家的心情，大家都預測最後的結局可能會是悲劇……不過……說不定，最後也可能會是『好結局』吧？」

「……艾米莉亞？」

「爸爸說的沒錯，我們這對『父母』一起和那孩子生活的時間，就只有一天。而且還是在她隔天就會被加百列帶走的情況下，可是……」

惠美想起那個應該正擔心地坐在客廳沙發上等待的「爸爸」的臉，輕輕搖了一下頭。

「如果一切順利，成功打造出阿拉斯．拉瑪斯之後也能繼續期待未來的幸福的環境……到時候……除了阿拉斯．拉瑪斯的事情以外，我絕對不會再背負任何責任。」

那張原本看起來像快哭出來的臉，不知何時已經換成充滿決心的微笑。

※

就這樣，惠美、阿拉斯・拉瑪斯和真奧決定在永福町的Urban・Heights永福町五〇一號室展開同居生活。

雖然可怕的是不曉得必須同居多久，但考慮到艾契斯過了一個星期都還沒恢復，這樣的生活應該會持續更久。

「不曉得天界和伊古諾拉能不能別用暗殺大神官這種迂迴的手段，快點直接打過來。這樣就能早點做個了斷了。」

惠美在玄關懊惱地說道，想法也變得愈來愈危險。

「喂，惠美！我可以先找個地方放行李嗎？」

「……等我一下。」

但現實上，真奧來惠美家住已經是無法推翻的事實。

既然沒有其他退路，就只能努力撐過每一天了。

總之惠美姑且先交代會定期和蘆屋他們聯絡的天禰，一定要將這件事情告訴安特・伊蘇拉的同伴。

畢竟情況非同小可，所以應該不會馬上有人反對，但惠美還是抱持著淡淡的期待，希望會有人來抗議。

「唉。」

惠美下定決心鎖上門，但並沒有連下面的另一個鎖都一起鎖上，她穿上拖鞋，踏進已經被真奧侵蝕的家裡。

「不過該怎麼說才好。」

真奧雖然已經踏進裡面的客廳，但他沒有隨便放下背包，乖乖等惠美進來。

「……怎樣啦。」

惠美發現真奧從剛才開始就一直在環視房間的牆壁、天花板和地板。

在這三天裡，惠美已經把所有不想被男性——特別是被真奧看見的東西都收起來了，所以應該沒什麼奇怪的東西。

真奧早就知道惠美住的公寓不錯，所以惠美本來以為他應該會針對這個寬敞的空間發表感想，但真奧接下來說的話完全出乎她的意料。

「總覺得對妳很不好意思。」

「咦？」

真奧用有些困擾的笑容道歉。

因為實在太過出乎意料，惠美一時不曉得該怎麼回應，然後真奧接著又說出更令人意外的話：

「突然得一個人養育阿拉斯·拉瑪斯，應該很辛苦吧。」

「你、你在說什麼啊。」

「呃，因為我看見那個。」

真奧指向放在客廳角落的收納櫃。

那是惠美開始和阿拉斯．拉瑪斯生活後買的四層收納櫃。

雖然是木紋花樣但並不貴，最下面那層是放阿拉斯．拉瑪斯的浴巾。

第二層和第三層放各種衣物，最上面分成兩格的那層則是分別放了內衣和襪子，以及小方巾等配件。

「那整櫃都是阿拉斯．拉瑪斯的東西吧？」

「你怎麼知道？」

在以前來過這個房間的朋友裡，就只有曾來長住的艾美拉達有提起過那個收納櫃。

惠美實在不認為艾美拉達會告訴真奧這種事……

「呃，因為感覺其他家具都擺得很好，只有那個收納櫃看起來格格不入，而且……那明顯被阿拉斯．拉瑪斯裝飾過吧？旁邊貼了很多貼紙……」

「啊……」

原來如此，那個收納櫃上面貼滿了設計和顏色都很可愛的貼紙。

而且經過反覆撕掉和重貼後，一開始的貼紙已經幾乎消失無蹤，現在最外面那層的貼紙已經差不多是第三代了。

就連擺在收納櫃上面那個用來裝溼紙巾和乳液的收納盒也被波及。

「她以前住在我家時，還沒有需要這麼大的收納櫃才裝得下的衣服和物品。這樣看來，妳真的為她付出了很多。」

「…………是啊。」

真奧在惠美什麼都還沒說之前就先慰勞她，讓惠美大為動搖。

因此——

「唉，你們那時候連自己的衣服都沒多少件，所以由我來幫她買新衣服也很正常吧。既然都要一起生活了，你也得好好記住那個收納櫃裡放了哪些東西。」

「嗯，我知道了。我會努力記住。」

惠美刻意用嚴厲的語氣說道，但真奧乖乖地點頭。

「……總而言之，行李先放那邊，坐下來吧。之後會幫你準備放髒衣服的地方。」

「嗯，不好意思。」

真奧說完後，稍微看了一下周圍，然後刻意避開地毯直接坐到地板上。

「……你幹什麼？」

「呃，感覺如果直接坐在地毯上，妳可能會生氣。」

「……」

真奧應該是以他的方式在顧慮惠美的心情。

雖然惠美覺得自己還不至於會因為真奧坐到沙發上就亂發脾氣，但她也知道自己曾對真奧做過好幾次類似的事情，所以心情十分複雜。

就男性進入女性房間時的態度而言，真奧的行動甚至可以說有點顧慮太多了。

自從經歷過那場與天禰的對話並決定要同居後，惠美覺得所有事情都像是在突顯自己很沒度量，明明真奧進房間還不到五分鐘，她已經開始累積壓力了。

「啊～真是的。」

惠美輕輕啐了一聲，拉開用來分隔客廳和後方房間的滑門，她迅速確認了一下不能被真奧看見的東西都收好後，稍微集中精神。

「……太好了。」

下一個瞬間，伴隨著一陣微弱的光芒，阿拉斯．拉瑪斯以惠美「熟悉的姿態」躺在床上熟睡。

確認阿拉斯．拉瑪斯像平時那樣正常出現，讓惠美鬆了口氣，她察覺真奧正緊張地看向這裡，於是下定決心說道：

「……起來吧。我跟你介紹一下家裡的環境。」

「喔、喔。」

雖然才剛坐下就要再站起來，但真奧看起來並沒有特別不滿，起身跟在惠美後面。

「首先是廚房。微波爐在這裡，冰箱和瓦斯爐在那裡。這個是普通的水龍頭，那個是有裝淨水器的水龍頭。讓你喝淨水器那邊的水太浪費濾心了，所以要喝水就從普通的這邊裝。」

「喔、喔，我知道了。」

惠美說得很快，所以即使被命令只能喝普通水龍頭的水，真奧仍坦率點頭，這反而讓惠美又因為察覺自己太小心眼而累積壓力，不自覺地做出讓步。

「……不過如果你想喝熱的，可以把有過濾的水倒進那個德福的電熱水壺裡。」

「我、我知道了。」

真奧之所以表現得手足無措，大概是因為惠美家的廚房不論外觀或複雜的程度都遠勝魔王城，讓他來不及理解每樣設備的使用方式。

「再來是冰箱，以後第二層就專門給你用，如果買了什麼東西回來，或是有什麼東西不想被我吃掉就放這裡吧。」

「可、可以嗎？」

真奧非常意外地睜大眼睛。

「……如果你問的是可不可以用冰箱，反正你就算吃壞肚子我也不會照顧你，所以要不要用冰箱都隨你高興。至於為什麼會有專用空間，當然是因為自從艾美來借住過後，我就把那一層當成給客人用的空間了。如果每次用冰箱都必須先獲得我的允許會很麻煩吧。這樣我也得顧慮你。」

「原、原來如此，那我就不客氣了。我可以先把剛才在外面買的水瓶放進去嗎？」

「……請隨意。」

真奧表現得就像是第一天來打工的新人一樣慌張，他手忙腳亂地從包包裡拿出五百毫升的塑膠瓶，橫著放進冰箱的第二層。

「牛奶就共用吧，畢竟也沒空間分開放。但你可別沒教養地在阿拉斯・拉瑪斯面前直接對嘴喝喔。如果一次要喝很多或快喝完的時候，要記得通知對方，聽懂了嗎？」

「我、我知道了。」

真奧一臉嚴肅地點頭，甚至不曉得從什麼時候開始做起了筆記。

「這裡有個用來做冰塊的儲水器，如果冰塊不夠就自己做。」

「咦？把水加進冷藏庫？不是加進冷凍庫裡嗎？那冰塊會出現在哪裡？」

惠美一聽見這個問題，就精準地預測到五秒後的景象。

「……水會流到底下，在這裡結成冰塊。」

她一拉開放冰塊的抽屜——

「好厲害啊啊啊啊啊啊！」

真奧就睜大眼睛看冰塊看得出神，這和惠美五秒前預測的景象一模一樣。

「……唉。」

惠美輕輕嘆了口氣，關上冰箱。

「……那麼，接下來是餐具櫃。」

「嗯。」

「平常只要沒什麼意外，應該都是由我煮飯，所以這一區你都別碰，只要記得阿拉斯・拉瑪斯的餐具是放在這裡就好。然後是杯子、碗、筷子和一些刀叉湯匙類，你的餐具要自己買。今天就特例讓你用免洗筷、紙盤子和紙杯吧。」

「妳這種講話方式真讓人懷念。」

「你想死嗎？」

講是這樣講，惠美自己心裡也覺得有點懷念，真奧則是真的感覺到殺氣，在心裡發誓絕對不要再開玩笑。

然後，就在依然殺氣騰騰的惠美——

「再來是廁所和浴室。醜話先說在前頭……」

開始用更加銳利的視線瞪向真奧的時候——

「媽媽……？我肚子餓了……」

「喔？」

「哎呀？」

一道嬌小的人影踩著搖搖晃晃的腳步來到兩人腳邊。

「阿拉斯．拉瑪斯，妳醒啦？」

「嗚～肚子餓了～」

阿拉斯．拉瑪斯搖搖晃晃地走到惠美腳邊，抱著她的膝蓋抬起頭，然後瞬間神情一亮。

「爸爸也在！」

「喔、喔！」

「咦？奇怪？爸爸？為什麼？是爸爸！」

阿拉斯．拉瑪斯因為這個從來沒發生過的狀況陷入混亂，先確認自己的所在地後，又再一次看向真奧，緩緩拉住他的手。

「爸爸！爸爸！陪我玩！」

「呃，那個，我知道了，阿拉斯．拉瑪斯，妳冷靜一點好嗎？我正在聽媽媽說明事情……」

「不要！來玩啦！」

「喂喂喂……」

看起來異常興奮的阿拉斯．拉瑪斯，將真奧拉到客廳角落。

「爸爸！你看！」

然後，阿拉斯．拉瑪斯用力掀開放在客廳電視櫃旁邊的一個箱子上的黃布，把箱子裡的東西倒到地板上。

「喔喔？」

「喂，阿拉斯．拉瑪斯！我平常不是跟妳說過不能用倒的！」

內容是各式各樣的玩具。

那些玩具有大有小，有真奧也知道的角色商品，也有從來沒見過的神祕造型，無論便宜或昂貴，這些倒出來的玩具都是阿拉斯．拉瑪斯的寶物。

「爸爸！要吃咖哩嗎？」

「嗯？咖哩？」

在那些倒出來的玩具裡，也有扮家家酒的道具。

「那、那就來一份吧。」

「好的！請稍候一下！」

真奧迅速回頭望了惠美一眼，但惠美動也不動地從廚房看向這裡。

於是真奧只好等阿拉斯．拉瑪斯用玩具做出咖哩。

「久等了！」

阿拉斯．拉瑪斯端出一個塑膠做的鍋子，鍋子裡放了切半的水果，魚尾巴和一支叉子，這些都是用魔鬼氈黏上去的。

「呃……」

「這是哈密瓜魚肉咖哩！」

「喔……」

「請用！」

「呃……那個。」

真奧再次困擾地轉頭看向惠美，但惠美像是在考驗他般，繼續面無表情地看向這裡。

真奧戰戰兢兢地拿起哈密瓜魚肉咖哩，用前端是弧形的叉子裝出吃咖哩的樣子。

「真、真好吃！」

「還不行吃！」

「咦？」

然而特別主廚滿臉笑容地說還不能吃，從真奧手裡沒收了哈密瓜魚肉咖哩，換成一個玩具茶杯。

「要先喝紅茶！」

「謝、謝謝……」

「好喝嗎？」

「好、好喝喔？」

「為什麼覺得好喝？」

「嗯？為什麼好喝啊？呃，那個，甜甜的很好喝？」

「明明就不甜！」

「咦咦咦？」

真奧從來沒在二〇一號室看過阿拉斯・拉瑪斯玩扮家家酒，結果第一次陪她玩就被徹底耍得團團轉。

「呃，那個，可以吃咖哩了嗎？」

「咖哩已經賣完了！」

「真的假的！」

哈密瓜魚肉咖哩似乎不知何時已經被別人吃光，讓真奧忍不住笑了出來。

「爸爸，你看這個！」

下一個瞬間，阿拉斯・拉瑪斯緊緊握住一個東西，在紅茶和咖哩都已經消失不見的房間裡拿給真奧看。

「阿拉斯．拉瑪斯，那是……」

「慶福兒童餐！」

真奧對那個東西有印象，那是麥丹勞半年前推出的兒童菜單——幸福兒童餐附贈的玩具，主打的對象是小女孩。

印象中那是麥丹勞和放鬆熊合作推出的布娃娃套餐。

「這是妳的興趣吧？」

真奧知道惠美喜歡放鬆熊，所以試著如此問道，此時惠美總算有反應了。

「意外地做得還不錯喔。還有阿拉斯．拉瑪斯的喜好原本就和我很像。」

惠美說完後走了過來，配合阿拉斯．拉瑪斯的視線在真奧旁邊蹲下。

「阿拉斯．拉瑪斯，妳可以乖乖地等一下嗎？媽媽有重要的事要和爸爸說。」

「重要的事？」

「沒錯，爸爸從今天開始就要住在這裡，我要向他介紹阿拉斯．拉瑪斯的家。」

「喂、喂。」

真奧推測以阿拉斯．拉瑪斯的理解力，應該能夠清楚理解惠美話中的意思，但惠美不可能不曉得阿拉斯．拉瑪斯聽了這些話後會有什麼反應，以及這個反應會對未來造成什麼影響。

不過從惠美的側臉完全看不出來她有在思考未來的事情，她大概單純只是想把兩人平常的生活展現給真奧看。

然後——

「爸爸！」

阿拉斯・拉瑪斯的表情立刻變得像是真的在發光一樣，她迅速起身，丟下散落在地上的玩具再次拉住真奧的手。

「爸爸！爸爸！這裡是廚房！會有水噴出來！」

「……喔。」

「那上面有盤子！還有鬆鬆熊的杯子！」

「……這樣啊！」

「冰箱裡有優格！可以吃喔！」

「嗯、嗯。」

「然後，這裡有動物餅乾，要媽媽說可以才能吃……」

分別從媽媽和女兒的角度聽完廚房的說明後，真奧忍不住因為阿拉斯・拉瑪斯拚命的樣子露出笑容，惠美沒有特別說什麼，只是默默從阿拉斯・拉瑪斯亂扔的玩具裡挑出比較小的幾樣收好，避免她之後踩到。

真奧之後反覆聽阿拉斯．拉瑪斯說明或陪她玩，等真奧想到要看手機時，才發現已經是下午四點，惠美不知何時已經移動到廚房開始洗米了。

「啊，惠美，晚餐……」

「你繼續陪阿拉斯．拉瑪斯玩吧。」

「呃，可是我的盤子和筷子……」

「放心吧，剛才那是開玩笑的。你想自己另外買也可以，但我家有給客人用的餐具和其他備用的餐具。」

惠美專心準備晚餐沒有抬頭，真奧也沒有繼續說下去，認真接下替阿拉斯．拉瑪斯念不曉得從哪裡拿出來的五本繪本朗讀的任務。

然後，又過了一段時間。

「……」

真奧、惠美和阿拉斯．拉瑪斯坐在一起吃晚餐。

惠美家也一樣沒有餐桌。

兩人平常的生活似乎都集中在沙發前面地毯上的矮桌，就連用餐也是在這裡。

「只有餐墊沒多的，明天再和其他需要的東西一起買吧。」

令真奧有點意外的是，惠美和阿拉斯．拉瑪斯平常有使用餐墊。

雖然知道這個東西，但真奧一直不覺得有人會用，所以當惠美自然地說要幫真奧準備一個時，他感到有些驚訝。

「呃，我不需要餐墊……」

真奧會這麼說，是因為他覺得餐墊不像餐具那麼必要，但惠美以意外堅定的語氣說道：

「這又不貴。你就當作是為了阿拉斯．拉瑪斯忍耐一下。我也有讓艾美用，但如果把她的餐墊借給你用，她可能會生氣。」

「……嗯，我知道了。」

明明一開始還開玩笑說要讓真奧用免洗餐具，現在卻這麼堅持要他用餐墊，這讓真奧覺得有點莫名其妙。

惠美平常在Villa．Rosa笹塚用餐時，從來沒有說過這種話，所以這大概是她在自己家裡的堅持。

這個家的主人是惠美，所以真奧坦率地在心裡決定要入境隨俗。

桌上那些熱騰騰的料理，都是裝在正式的餐具裡。

白飯、加了豆皮和菠菜的味噌湯、裝在大盤子裡的沙拉，以及看起來是從超市的熟食區買回來的燒賣。最後是阿拉斯．拉瑪斯最近喜歡上的優格。

「來，阿拉斯．拉瑪斯。」

「喔，我開動了！」

「嗯，我開動了…………喂，魔王。」

「咦？啊……嗯，我開動了。」

「爸爸好棒！」

「……謝謝稱讚。」

真奧不曉得該擺出什麼表情，所以先拿起味噌湯喝了一口。

「啊。」

「怎麼了？」

「沒事，只是發現流了不少汗。」

「什麼意思？」

真奧含糊其詞地蒙混過去，他那句話背後的意思是自己意外地對來惠美家這件事感到緊張，因為流了不少冷汗所以覺得鹹鹹的味噌湯很好喝，但如果老實說出口一定會被惠美罵。

比起這個——

「呃，仔細想想，這好像是我第一次吃妳做的料理？」

「……」

接著惠美意外地稍微陷入沉思——

「我本來一瞬間也這麼認為，但仔細想想，雖然次數遠遠不及千穗或貝爾，但我也有帶配菜去你家過。」

然後若無其事地如此回答。

「是這樣嗎……啊……這麼說來，妳好像有一次提到妳家附近的豆腐店賣的豆渣很好吃，所以用豆渣做了一道料理過來。那間豆腐店是在哪裡啊？」

「我明天再告訴你。還有，在實習的時候我也有做過麥丹勞的薯條或甜點給你試吃吧。」

「這完全不一樣吧。」

說著說著，兩人已經變得和平常待在Villa・Rosa笹塚時一樣，偶爾閒聊，偶爾照顧阿拉斯・拉瑪斯，像平時那樣吃晚餐。

※

千穗剛從安特・伊蘇拉回到日本，她的母親里穗就打開房間的門將頭探進來。

「哎呀，千穗，妳回來啦。」

「媽媽。」

「因為妳房間的燈亮著，所以我才在想妳可能回來了。」

從這句話就能看出里穗已經非常習慣千穗的行動和安特・伊蘇拉的事情。

「要吃飯嗎？還是妳已經吃過了？」

「不用了。我有很多事要忙，還是先寫補習班的作業好了。」

「這樣啊。妳之後要去補習班吧？要不要先吃一點簡單的東西？」

「嗯，謝謝，麻煩了。」

「可別因為過勞而倒下喔？」

「我每天都吃很好，不如說若不稍微運動一下會很不妙。」

實際上，千穗待在諾斯・夸塔斯的時候，迪恩・德姆・烏魯斯都會擅自替她準備多到吃不完的餐點和點心，讓她覺得自己的體重似乎增加了。

雖然她最近已經開始習慣安特・伊蘇拉的飲食並清楚明白自己喜歡什麼樣的口味，但像這樣回家吃母親準備的料理，還是最讓她安心。

快速吃完白飯、味噌湯和加了一點海帶的煎蛋捲後，千穗瞬間放鬆下來並變得有點睏。

「我吃飽了。」

「放著就行了。妳還要準備吧。」

「嗯。已經大致準備好了，果然當天需要的東西都應該要在前一天就先準備好。我出門了。」

「好，路上小心。」

里穗看著剛從異世界回來的女兒慌慌張張地在傍晚出門的樣子，忍不住想起首次得知女兒祕密時的事情。

里穗只有在學生時期出國過一次，所以對日本以外的文化圈或土地都非常陌生，第一次站在山上俯瞰北大陸實質的首都菲恩施時，她腦袋裡根本是一片混亂，坦白講她已經不太記得當時的事情。

直到被一個叫加百列的年輕人抱著帶到「魔王城」後，里穗才真正冷靜下來。

「……真奧先生……蓋了一個很大的家呢。」

「噗哈哈哈！」

「喂，媽媽！」

親眼看過魔王城，並得知那裡才是真奧真正的基地後，里穗不自覺說出這樣的感想，當時一旁的加百列立刻捧腹大笑，千穗則是傻眼似的臉紅，這些事里穗都還記得很清楚。

在那之後，里穗開始觀察周圍，發現四周其實摻雜了不少像外國人的人，那些人都將蘆屋和漆原當成大人物對待，不僅如此，雖然里穗也不曉得自己為什麼沒有馬上發現，但還有許多

身材明顯比人類高大、外表怎麼看都不是人類的異形生物正常地和人類相處在一起。

「千穗。」

「……嗯，媽媽。」

「……妳還記得小時候曾經去過北海道的美瑛之丘嗎？」

「咦？」

「因為有先在雜誌上看過報導，所以我本來以為自己會看見一大片美麗的花田。結果實際到了現場後，不知為何居然遇到罕見的大雨。」

「啊，嗯，我記得。」

「於是我們只好無奈地改變行程多住了一晚，等隔天再去時，花都已經被雨水沖爛了，但那樣也有那樣的美，我還記得自己當時覺得這樣很怪。我現在就是這種感覺。」

「我……不太能夠理解。」

「嗯。我知道這個狀況很誇張，也知道自己正在經歷不得了的事情，但在心裡的某處還是有種『原來如此，大概就是這樣吧』的感覺。」

「媽媽？」

「哎呀，我是真的有被這座城堡嚇到……但只要一產生『原來在世界的某處有這樣的地方』的想法後，心裡就只剩下『原來如此～喔～真厲害呢～』的感想。」

千穗似乎不太能接受，但這是里穗最真實的心情。

此時，魔王城的山腳下突然出現有「門」打開的氣息，因此千穗轉頭看向那裡。

「那是類似空間跳躍的魔法嗎？」

「嗯，是這樣沒錯……可能是遊佐小姐或真奧哥生氣地追過來了……」

千穗的表情變得有點不安。

關於在麥丹勞發生的那些事，真奧和惠美看起來直到最後都跟不上狀況，既然那些和安特．伊蘇拉有關的事情都是重大祕密，那千穗當然難免會被他們責備。

不過，儘管來人穿著某方面來說里穗也很熟悉的衣服，但里穗並不認識她。

「咦？鈴木小姐？」

千穗似乎認識對方，朝那位女性大大揮手。

「哎呀，我聽說時真的嚇了一跳。妳還真是下了很大的決心呢？」

「欸嘿嘿……」

兩人是用日語在對話。

由於蘆屋、漆原和加百列以外的人，都是使用一種里穗完全沒聽過的語言，因此這位鈴木小姐應該不是碰巧名字和日本人很像，而是真正的日本人。

「啊，請問是千穗的媽媽嗎？」

「是、是的……那個……」

「我叫鈴木梨香。是妳和千穗的同伴。」

「……妳好，我是千穗的媽媽佐佐木里穗。呃，妳說的同伴是什麼意思？」

「突然被捲入安特．伊蘇拉的事情導致人生因此改變的同伴。啊，順帶一提，我不會使用魔法，是純粹的日本人，出身地是神戶。」

「嗯……」

梨香描述得非常巧妙，讓里穗只能點頭贊同，接著千穗向梨香問道：

「鈴木小姐，妳怎麼會在魔王城？」

「啊，因為千穗和鈴乃做了很多大膽的事情，可能會讓妳媽媽覺得很混亂，所以蘆屋先生就拜託我來照顧她。」

「對、對不起。感覺好像連累了妳。」

「沒關係啦。我也對蘆屋先生說『現在不是不方便往來或通訊嗎～？』，趁機挖苦了他一下。」

「真是的，鈴木小姐……」

「所以大致的情況我都聽說了。千穗。」

「……是的。」

「如果我將來失業，就算是安特．伊蘇拉的也沒關係，要替我介紹工作喔。」

「妳不是來鼓勵我的嗎？」

「關於千穗想做的事情，我已經大致從蘆屋先生那裡聽說了，現在的我根本沒立場對妳說教。我也差不多該認真思考將來的事情了，所以請務必讓我待在妳的身邊，讓我撈一點從妳身上掉出來的油水。」

「鈴木小姐！」

「……」

「哎呀，有一半是開玩笑的啦。這邊的事情也已經被綁在我的將來裡了，所以我會支持千穗喔。雖然聽說麥丹勞的那些人也都知道真相了，但我可不打算讓出千穗『第一個同伴』的位子。」

「鈴木小姐……」

「……伯母，應該還有很多事情讓妳覺得難以置信吧。雖然我這個初次見面的人講的話可能沒什麼說服力，但這裡的人們真的都是好人，尤其千穗更是一個特別好的孩子。希望妳能理解他們並不是在隱藏祕密，而是背負著祕密……」

「……這就是最大的問題。」

「咦？」

「媽媽？」

「……有祕密這件事一點都不重要。只不過……作為一個母親，居然完全沒發現也沒看穿自己的女兒涉入了這麼廣大的世界，還擁有這個世界的大人物需要的才能，這才是最大的問題。」

說完這段話後，里穗也只能笑了。

「話說千穗，有件事情讓我覺得很在意，那裡之前應該沒有山吧？」

「啊，那個嗎？大概是基納納先生痴呆的症狀又發作，大鬧一場後就睡在那裡吧。」

「……伯母，我們只是普通人，還是快點回去吧。」

「……是、是啊。那個，之後好像還要再去其他地方，可以再等我一下嗎？」

雖然里穗到現在還是不曉得鈴木梨香當時為何會那麼慌張，但既然就算問了應該也不會明白，那一定還是別問比較好。

當女兒快速換好衣服，背上補習班用的背包，在里穗的目送下跨上升高中後就幾乎沒再騎的自行車離開後，里穗便關上了家裡的大門。

「……嗯，我知道了，對面的竹內太太曾說過在孩子獨立後，心裡就好像變得很空虛……

大概就是這種感覺吧。還是讓孩子的爸請個假，跟他一起去旅行好了……到底該怎麼跟他說明才好。」

※

「怎麼了，居然在這種時候跑來找我。妳現在的立場應該很微妙吧。」

「……我現在有點自我厭惡。」

「什麼？」

這裡是位於中央大陸東部邊緣的行政都市，伊亞・夸塔斯。

鈴乃在這個強烈受到艾夫薩汗影響的都市與蘆屋會面。

「艾謝爾，你有收到天禰小姐傳來的聯絡嗎？」

「天禰小姐嗎？不，人在魔王城的漆原可能有收到，但我最近忙著準備高峰會，要一直在諾斯・夸塔斯、伊亞・夸塔斯和魔王城之間來來去去，漆原也沒特別通知我……發生什麼事了嗎？」

「唉，與其說是發生了什麼事……」

「看妳憔悴成這樣，該不會是艾米莉亞或阿拉斯・拉瑪斯出了什麼事吧？艾契斯之前的那

個狀況，應該已經稍微穩定下來了吧？」

「嗯，呃，那個，他們做了一些事情……」

「幹嘛講得這麼不清不楚。妳目前和賽凡提斯·雷伯力茲與其他大神官應該協商得還算順利吧。妳現在最重要的課題，就是要如何操縱賽凡提斯。」

「我知道。這部分沒問題。賽凡提斯大人是個對利益非常敏感又會見機行事的人。雖然與他為敵會很棘手，但正因為他很有能力，只要掌握好關鍵，就比其他兩人還要好操縱……呃，總之這部分進行得很順利……」

鈴乃慎選詞句，緩緩說道：

「天禰小姐最先通知的人好像是我，所以我才想跟你和千穗小姐分享情報，然後就聽說你人在伊亞·夸塔斯……」

「我接下來還得去見正橙巾的將領。有事就快說……」

「你有聽說魔王要搬去艾米莉亞家住嗎？」

「我的行程改變了，妳繼續說。」

原本完全沒認真聽鈴乃說話的蘆屋，突然將臉轉向她。

「是阿拉斯·拉瑪斯發生了什麼嚴重的異常嗎？」

蘆屋立刻就推導出這樣的結論，可見他非常冷靜。

雖然冷靜，但他的眼神明顯變得險峻。

「呃，那個，好像就是這樣沒錯。然後，如果想解決這個問題，最好的方法就是讓魔王和艾米莉亞同居，換句話說，就是最好讓他們一家人不受干擾地一起生活，所以……」

「原來如此。所以不是魔王大人被艾米莉亞抓住欠錢之類的弱點，然後被她強迫這麼做就對了？」

「你現在應該也明白艾米莉亞不是會做這種事情的人吧。」

「這是兩回事。雖然我相信魔王大人的判斷，但應該是發生了很嚴重的狀況，才讓他下這麼大的決心搬到艾米莉亞家裡住吧。看妳這麼慌張地跑來通知，我還以為日本發生了什麼很大的災害。魔王大人過去也曾為了阿拉斯・拉瑪斯做出很多妥協，這沒什麼好驚訝的。」

講是這樣講，蘆屋看起來還是稍微鬆了口氣，但他立刻用懷疑的表情瞪向鈴乃。

「還是說妳該不會認為魔王大人會和艾米莉亞做出什麼不檢點的事情或犯下什麼差錯吧。」

「……不，坦白講，我覺得完全不可能……所以我現在也覺得之前慌張地通知千穗小姐這件事，實在是太缺乏冷靜又不成熟了。」

「唉，從佐佐木小姐前陣子的樣子來看，應該是不會因為魔王大人和艾米莉亞同居這種程度的事情就動搖。」

蘆屋原本就有協助千穗的大爆料事件，之後也有親眼確認過她的狀況和聽說她的消息。

雖然他原本就覺得千穗不是個普通女孩，但千穗這幾天不僅泰若自然地面對諾斯・夸塔斯和北大陸的大人物，還為了協調高峰會的事務四處奔走，聽說她就連學校、社團活動和補習班都沒有荒廢，讓蘆屋驚訝不已。

正因為如此，蘆屋才無法理解實質上已經爬到教會頂點，人生經驗遠比千穗豐富的鈴乃，為什麼會像是喝醉酒般變得如此失常。

「唉，雖然之前的太空人問題還沒解決，但包含阿拉斯・拉瑪斯在內，艾米莉亞現在是我們的必要戰力，所以我也不是不能理解妳想快點把阿拉斯・拉瑪斯的狀況告訴大家的心情。」

因此，蘆屋試著像這樣替她準備了一個台階下——

「關於這點，阿拉斯・拉瑪斯的狀況似乎不像伊洛恩或艾契斯那樣，會對周圍造成損害。聽說是解除融合時，沒有出現在艾米莉亞預期的地方，而是出現在隔了一段距離的艾契斯那裡……」

儘管鈴乃講得有些含糊，但蘆屋順利問出了必要的情報。

「幸好這樣的狀況是發生在日本，但這確實是個問題。如果阿拉斯・拉瑪斯出現在奇怪的地方，難保不會被當成人質，或是被迫和我們分開。」

「唉，所以他們才會為了抑制阿拉斯・拉瑪斯的失控，做出那樣的決定吧……但該怎麼說才好。」

「嗯？」

「……不，沒什麼。」

「妳從剛才開始就一直不把話講清楚，到底是怎麼了？」

就連這種感覺沒什麼的問題，都能輕易讓鈴乃動搖。

鈴乃也清楚明白自己很奇怪，但因為這樣就把「那件事」告訴蘆屋，好像也不太對。

按照日本的常識，鈴乃確實是有點太輕易就將自己向真奧告白的事情告訴其他人，但至少她目前傾訴的對象都是親近的同性友人。

如果也告訴蘆屋，她可能會在各種意義上遭到神祕的敵視，或是被責備自己的行為太不會看場合。

「……其實賽札爾大人也託我幫忙辦事，所以我接下來得和鑲蒼巾的將領見面，但隨行的聖職者都是賽札爾大人的部下，讓我覺得很難放鬆。」

「別說這種鬆懈的話。我可是不管去哪裡周圍都只有人類。」

雖然蘆屋這麼說也沒錯，但總之鈴乃順利度過危機，迴避了這個危險的話題。

因為鈴乃是真的有事要辦，所以她先離開了蘆屋的辦公室，就在她準備去處理原本的工作，幫賽札爾的聖征前線部隊與八巾的中央大陸派遣部隊進行協調時——

「……克莉絲提亞大神官，其實……」

「怎麼了？」

或許是還不習慣被稱作大神官，鈴乃直到最近才總算能立刻做出回應。

鈴乃姑且還是有完成省略過的淨身儀式，所以即使還沒舉行正式的授秩禮，周圍的人已經正式將她視為大神官了。

「剛才有聖・埃雷的使者來訪。」

「聖・埃雷派使者來找我？是艾美拉達院長嗎？」

說到會來找自己的人，鈴乃首先想到的是艾美拉達，但意外地其實是盧馬克。

「盧馬克將軍也有事來到伊亞・夸塔斯，她似乎有什麼本國的問題，想徵求大神官的許可……」

「什麼事？總不可能是要在遠征地舉辦彌撒吧。」

雖然徵求許可這個說法讓人感覺不太妙，但還是不曉得具體來說到底是什麼事。

當然也有可能盧馬克只是單純想和鈴乃取得聯繫，不過盧馬克目前也已經是高峰會的成員，立場上應該要避免在公開場合和鈴乃接觸。

「……幫我轉達如果可以接受非正式的會面，那我今天傍晚有空。」

「遵命。」

麻煩的事還是早點解決比較好。

因此鈴乃打算在高峰會之前盡量排除所有可能會引發紛爭的要素。

不過在伊亞．夸塔斯的一個戒備森嚴的旅館房間內與盧馬克見面時，鈴乃發現對方的表情明顯充滿敵意，讓她感到十分困惑。

「盧馬克將軍？」

「妳好，克莉絲提亞大神官。」

「……妳該不會為了我被授秩為大神官，和之前沒有告知個人資訊的事情而生氣吧？」

雖然鈴乃因為魔王軍的關係和盧馬克有私交，但還不算是朋友。

兩人在立場和性格上，都無法捨棄自己背負的東西，考慮到盧馬克在公事方面的性格，最可能讓她對鈴乃生氣的原因，就是鈴乃被授秩為大神官後，讓她和艾美拉達對聖征的妨礙行動都造成了反效果。

不過既然已經確定賽凡提斯會參加高峰會，這件事應該不會構成什麼問題，所以她姑且先以處理公事的態度面對盧馬克。

「我並沒有刻意隱瞞自己的出身地。這次的授秩對我來說也是出乎意料的事情，此

外……」

鈴乃說到一半就被盧馬克打斷。

而且她還說出了令人意外的話：

「那種事情隨便怎樣……雖然不太妥當，但那件事現在已經不重要了。克莉絲提亞，我是對妳輕率的行動感到生氣。」

「嗯？我輕率的行動？」

鈴乃露出困惑的表情。

鈴乃最近一直在往返中央大陸的東北部，至少應該沒有做出會影響盧馬克的行動。

但下一個瞬間，鈴乃驚訝到心臟都快從嘴巴裡蹦出來。

「艾米莉亞和魔王真的開始同居了嗎？」

「嗯哇？」

鈴乃看著從嘴巴裡蹦出來的心臟的幻覺，用力眨眼。

她不明白為什麼盧馬克會提起這件事。

不過在那之後，鈴乃甚至覺得自己的內臟全都從嘴巴裡蹦出來了。

「而且最直接的原因，還是因為妳對魔王做出愛的告白。」

「不對不對不對不對不對不對不對不對盧馬克將軍妳到底在說什麼絕對不是這樣一定是傳

達上出了重大失誤到底為什麼會變成這樣！」

「克莉絲提亞大神官，我收到了妳已經將身心都奉獻給魔王的確定消息喔？」

「到底是誰這麼不負責任地亂說話！」

「發、發生什麼事了！」

「沒事！你們退下！」

在房間外待命的護衛一聽見鈴乃的慘叫，就慌張地敲門確認，但鈴乃以超越音速的速度和魄力阻止護衛進入房間。

「盧、盧、盧、盧馬克將軍，我們來整理一下情報吧，妳收到的情報有很多奇怪的地方，我們一項一項確認吧。」

「這樣正好。我也想知道真相。艾美拉達已經氣到完全不聽人說話了。再加上聖征物資運送路線的事情，視情況而定，她或許會說要派刺客去妳的授秩禮暗殺妳。」

「啊啊……真是的……為什麼事情會變成這樣……」

「我才想問這個問題。雖然不曉得妳那邊的狀況是怎樣，但我們這邊可是還得注意不曉得真相的皇帝陛下、皇太子殿下、議會、執政廳和近衛騎士團那些人。結果我卻得因為這種有～～夠無聊的事情被派來這裡。」

盧馬克如此啐道，看起來明顯是在自暴自棄，鈴乃戰戰兢兢地問道：

「……盧馬克將軍，妳該不會只是為了確認我的真意，就特地跑來伊亞．夸塔斯吧？」

「如果真的是那樣，我和聖．埃雷就要退出高峰會了。我姑且還是有謁見統一蒼帝陛下的行程。」

統一蒼帝統治著四分之一的世界，從盧馬克用「姑且」來形容與他的會面，就能看出艾美拉達到底將多少怨念發洩在她身上。

「唉……為了避免妳誤會，我話先說在前頭，魔王與艾米莉亞的同居是情勢所逼。這與質點失控有關，對滅神之戰來說也很重要。」

「艾美拉達也明白這些事情，但還是氣瘋囉？」

「那就不是我的責任了！」

鈴乃直言不諱地說道。

「……唉，我好歹也曾親自和魔王與艾米莉亞接觸過。雖然我確實很驚訝他們的交情沒有我想像中那麼差，但也沒好到讓人驚訝的程度。」

「對吧？實際上就是如此，關於同居的事，我聽說魔王和艾米莉亞都有強烈反對過，最後是迫於無奈才會那麼做！」

「不過艾美拉達似乎認為就是這種乍看之下非常冷淡的關係，出差錯時才會變得一發不可收拾。」

「誰管她啊！」

講到這種程度，根本就是在找碴了。

總之透過盧馬克的描述，鈴乃已經知道艾美拉達確實堅決無法認同真奧和惠美同居了。

這樣等之後遇到艾美拉達本人時，或許她會連阿拉斯．拉瑪斯是兩人「女兒」這件事都怪罪到鈴乃頭上。

「那麼，堂堂大神官居然被惡魔之王籠絡這件事是真的嗎？」

「盧馬克將軍！妳是在拿我尋開心吧！」

「如果不拿人尋開心，我早就幹不下去了。」

盧馬克說完後，開始邋遢地躺在沙發上。

「本來誰喜歡上誰或誰跟誰互相殘殺都和我沒有關係。坦白講，跟其他高峰會成員相比，我的地位算是低了一階。因為我的上頭還有皇室，所以不像其他王那樣握有絕對的權力。我也沒有像艾美拉達那樣的英雄特質，實際上就只是個被夾在中間的角色。如果所有人都是為了世界和平在背負這些不為人知的辛勞，那我可能還會有幹勁，結果每個傢伙都因為戀愛的事情亂成一團，真正在認真工作的就只有艾謝爾、路西菲爾和艾伯特！喂？讓那些男人隨意指揮，你們都不覺得丟臉嗎？」

「盧馬克將軍？」

「不然乾脆讓我宰了魔王，推舉艾謝爾當魔王並進攻人類世界好了！」

「盧馬克將軍！小心被別人聽見！」

「誰管他啊，真是的。」

盧馬克看起來真的相當生氣，趴著用溼潤的眼神瞪向鈴乃。

「所以呢？又是惡魔大元帥又是大神官的克莉絲提亞。合起來是惡魔大神官嗎？感覺好強啊。妳是真的打算投靠魔界嗎？」

「唔。」

「在我看來，妳也有和魔王保持適當的距離。用地球的話來形容，就是所謂的舊情復燃吧？」

「這個熟語用在這個狀況不僅嚴重錯誤還非常不適當，拜託妳千萬別在住過日本的人前面說這種話！盧馬克將軍，妳到底是從哪裡學到這句話的！受不了……」

可以的話，鈴乃希望話題能集中在真奧和惠美身上，但看來她也只能放棄了。

「盧馬克將軍，我話先說在前頭。真正讓我不惜奉獻一切的，是在日本的那些生活。雖然妳可能會覺得大神官說這種話不太恰當，但坦白講比起這裡，還是日本的環境比較適合我。」

「哼，就是和魔王只隔了一面牆的環境吧。」

「……這我不否定。雖然不應該在曾經為了人類世界與魔王軍作戰的軍人面前講這種話，但我原本對魔王軍就沒有個人怨恨，真要說起來，反而是人類世界的黑暗面更讓我感到厭煩。所以即使魔王從一開始就是『人類的敵人』，他也不是我的敵人。這方面的心情，我也是最近才跟魔王本人一起整理好的，就只是這樣而已。」

「……真的嗎？」

「……真的，我沒有說謊。」

「……嗯嗯嗯……」

盧馬克的語氣一反常態地變得鬆散，讓鈴乃瞬間感到戰慄。

「真是的，看來聖職者這一行要夠會說話才做得下去。」

「咦？」

「我想問的並不是這個，而是我聽說的『克莉絲提亞．貝爾已經將身心都奉獻給魔王』和後面那一連串加油添醋的消息，真相究竟是如何。」

「所以我就跟妳說過沒有那種事……！」

「無風不起浪。其實和魔王沒有個人恩怨的妳，是不是真的和魔王有不尋常的關係？」

「真的是不管哪裡都有那種喜歡無中生有的人！」

呼吸凌亂的鈴乃和一臉平靜的盧馬克互瞪了一會兒，結果是盧馬克先移開視線。

「真無聊。看來以我的眼力無法看透妳的心理，沒辦法再獲得更多情報了。」

「真是的，請妳適可而止！」

「我本來還期待能聽見妳仗著在日本做什麼都不會被發現，搶走了千穗小姐的心上人之類的故事。」

「……唔……請、請妳適可而止。」

「……唉，算了，我明白了。」

「喂，盧馬克將軍！」

原本趴著的盧馬克緩緩起身，像是覺得掃興般走向房門。

「看來就算繼續聽下去也無法取得能讓艾美拉達冷靜下來的情報，甚至反而只會讓她更生氣。下次見面，應該就是高峰會的時候了。這段期間……」

盧馬克打開門，瞪向鈴乃。

「算我拜託妳，別再惹事了。我最近都在拚命壓制那些想去日本的勢力。每個傢伙都想偷偷把人送去麥丹勞，在高峰會前拉攏艾米莉亞或魔王。真受不了。」

「……」

「如果想給那兩個人好印象，最好的方法就是別去找他們，但其他人都不太能理解呢。」

「……即使如此，他們也不會支持任何勢力，除了千穗小姐以外呢。」

「誰知道呢。妳最後也會站在他們那邊吧。」

「咦？」

「真是令人羨慕。妳就好好承受艾美拉達的怨恨吧。」

盧馬克丟下這句不曉得是在挖苦還是認真的臺詞後，就直接離開了。

「……她到底是來幹什麼？」

盧馬克的來訪就像是一場暴風雨般，被她耍得團團轉的鈴乃在那之後，就這樣愣了好一會兒。

不過，只有一件事情能夠確定。

「……犯人一定是天禰小姐。」

如果是千穗，一定會更有要領地告訴艾美拉達，除了天禰以外，鈴乃想不出還有誰會散播那樣的消息。

「雖說是為了艾契斯，但拜託志波小姐的家族幫忙，或許還是不太划算……話說回來，艾美拉達小姐居然這麼……」

稍微冷靜下來後，鈴乃發現在盧馬克剛才說的那些話當中，有一件絕對不容忽視的事情。

『就是這種乍看之下非常冷淡的關係，出差錯時才會變得一發不可收拾。』

鈴乃自己也想過類似的事情，隨著這個擔憂逐漸加深，她又開始變得靜不下來了。

「仔……仔細想想，我自己本身也沒什麼戲劇化的契機……不如說就算被問契機是什麼，我也不曉得該怎麼回答……不對，就只有艾米莉亞絕對不可能……可是……呃，對了，我本來就沒打算獨占……」

盧馬克離開後，鈴乃不顧法衣會皺掉，在房間內的沙發上掙扎。

她現在能清楚明白。

根據至今累積的經驗，鈴乃已經能想像真奧憔悴的側臉。

鈴乃之前心裡一產生想支持他的念頭，就再也無法壓抑自己的心情，一下就向真奧告白了。

即使現在回頭從客觀的角度審視自己，鈴乃依然覺得那個狀況不管怎麼想都不合理。

但還是實際發生在自己身上了。

那麼，難道不是也有可能發生在惠美身上嗎？

不對，畢竟對象可是惠美。

雖然自己個人對真奧幾乎沒有怨恨或其他負面感情，但艾米莉亞不一樣。

即使因為後來發現諾爾德還活著而稍微減輕，但真奧對惠美犯下的罪實在太嚴重了。

所以盧馬克和艾美拉達擔心的事情絕對不可能發生。

曾經在真奧和惠美身邊觀察過他們的鈴乃，比誰都清楚這點。

「為什麼……」

然而不曉得為什麼。

明明在千穗那時候完全沒有這種感覺。

明明只要對象是千穗，自己的內心就能像清澈的湖面般平靜。

明明鈴乃曾經驕傲地認為這是自己長期擔任聖職者磨練出來的成果。

「為什麼……會這樣。」

一旦將千穗換成惠美，鈴乃的內心就變得十分激動，她很訝異自己心裡居然潛藏著如此黑暗的感情，總覺得喉嚨好乾，四肢也使不上力。

「嗚嗚……」

無論理性、邏輯、知識、記憶、思考、經驗、環境、身為聖職者的驕傲，還是其他所有的一切，都在告誡她現在的自己很奇怪，並且正在犯錯。

然而即使將這些全部動員起來，還是瞬間就被燃燒殆盡，名為嫉妒的火焰熊熊燃燒著她的衝動和感情。

「我是笨蛋嗎……」

即使像這樣怒罵或呻吟，鈴乃有生以來第一次體驗到的那股內心的黑色火焰，依然完全沒有消退的跡象。

鈴乃不知道。

她分析自己的心理後，告訴千穗的那個於自己內心產生的感情，並不是能寬容地包容一切的「愛」。

那個在燃燒的道路上直線前進，難以名狀的心情叫做「戀慕」。

※

「哼……所以呢？這個話題的重點在哪裡？」

「居然講這種話……你都沒什麼想法嗎？」

「我只覺得妳居然因為這種無聊事把我吵醒。」

「無、無聊事……天禰小姐都特地送消息過來囉？你不覺得這很嚴重嗎？」

「是是是，好嚴重……那麼我要再睡一會兒。」

「喂，路西菲爾！」

漆原的窩是設在中央大陸魔王城的中間樓層。

這裡原本只是走廊，漆原將這裡改造成睡床。

從窗戶能環視周圍的景色，但一往下看就會看見有一隻巨大的爬蟲類在睡覺。

「……我說啊，因為從妳的角度來看，這等於是剛重逢不久的女兒突然開始跟男人同居，

所以我能理解妳的慌張，但從我的角度來看，現在才在意這種事也太晚了。講得不客氣一點，他們早就做過約會和外宿等看在外人眼裡容易被誤會的事情了。而且每一次都有阿拉斯・拉瑪斯在！」

萊拉在和漆原一起將基納納送到魔王城後，就繼續留在魔王城和漆原、加百列與留駐這裡的東西方騎士跟聖職者一起應付基納納。

痴呆的基納納每次大鬧一場後就會休息好幾天，最近這兩天他都一動也不動地在睡覺。

萊拉在這時候從天禰那裡得知惠美開始與真奧同居，急忙跑來向漆原報告後，卻得到這種反應。

「反正真奧和艾米莉亞一定是因為『基礎』出了什麼問題，才會無奈地為了解決問題同居吧！這種事我們根本就無法插手，所以等一切都結束後再來跟我報告啦！天禰小姐本來就很愛八卦，堂堂天使別這麼容易就被人家耍得團團轉啦！」

「……你、你還真是清楚……」

「佐佐木千穗正在這裡做重大的事情吧。只要她開始行動，一定會影響到『基礎』碎片，所以我早就知道艾契斯或阿拉斯・拉瑪斯最近可能會出事了。話先說在前頭，如果妳因為這件事跑去鬧艾米莉亞，一定會被她覺得很煩。」

「我、我知道啦，知道歸知道……喂，我可以回日本一趟嗎？我想聽一下諾爾德(那個人)答應他們

同居的理由。」

原本就一臉不悅的漆原，看起來又變得更加不悅，瞪向因為擔心女兒而動搖的天使。

「……我說啊，現在有辦法直接應付基納納的人，就只有妳、我、艾伯特和加百列，因為不能取他性命，所以光是以現在的人手壓制他就夠費力了。妳應該知道再少一個人會造成什麼樣的後果吧？」

「我、我之後一定會補償……」

「除非妳找得到人替妳代班，否則別想放假！」

「我從來沒想過會從你的嘴巴裡聽見這句話！話先說在前頭，按照法律規定，準備代班人員是經營者的責任，不可以要員工自己找人代班喔？」

「這裡是安特．伊蘇拉，現在我就是規定！而且就連日本也沒有人在管這套吧。」

雖然漆原的聲音聽起來有點睏，但如果萊拉真的偷偷跑掉，不曉得漆原之後會多生氣。

「真要說起來，妳就算去問了詳情又能怎樣？雖然我覺得不太可能，但妳該不會想跑去偷聽，以防真奧和艾米莉亞犯下什麼錯誤吧？」

「咦，可是，身為母親，我有義務知道女兒的狀況……」

「都把人家丟下十幾年了，怎麼可以只在這種時候擺出母親的架子。」

「我、我也是有我的苦衷……而且這是兩回事……」

「按照艾米莉亞的個性，如果妳懷疑她和真奧是那種關係，她可是真的會生氣喔。這麼簡單的事情連我都知道，妳怎麼會不懂呢……可惡，妳害我整個人都醒了。」

在石頭地板上鋪睡袋的漆原，一臉不悅地起身，窩在睡袋裡用力打了個呵欠。

「萊拉，妳還是稍微明白一下狀況吧。」

漆原用因為打呵欠而泛淚的眼睛，看向下方。

「魔王城理論上已經能飛了。即使沒有基納納脖子上的石頭也一樣。」

「……這我也知道……」

「雖然佐佐木千穗揚言要召開高峰會，但妳真的相信高中女生策劃的國際會議有辦法立刻讓世界變和平嗎？正常來想一定會失敗吧！」

「是、是這樣沒錯……」

「天界的事情也一樣，那個太空人的問題還沒解決。那些傢伙不可能只對大神官們托夢並讓他們派遣教會騎士團就罷手。要是現在有哪個勢力失控開始攻打這裡，我們或許得讓魔王城起飛逃到魔界。結果妳卻因為擔心女兒的同居對象，希望我能讓妳回去？少說蠢話了。如果妳也知道自己的行動為世界帶來混亂，就好好思考一下事情的優先順位。」

「……！」

漆原條理分明的說明，讓萊拉啞口無言。

「而且現在南方的聯合騎士團也在這裡。雖然他們都是拉吉德的人，但還是跟從一開始就參加滅神之戰的成員不同。即使艾米莉亞等人信任他們，也無法構成我信任他們的根據。視高峰會的結果而定，或許我們得先殺掉他們。如果真的要想，就把這些也考慮進去。」

「對、對不起。」

漆原的說法毫無破綻，讓萊拉的表情立刻恢復冷靜，像是對自己剛才的醜態感到羞愧般沮喪地垂下肩膀。

「……不、不過你是怎麼了？雖然這樣講有點不太好意思，但你好像自從帶基納納先生來到這裡後，就變了一個人？明明艾謝爾先生一開始說要修理魔王城時，你還一直嫌麻煩，並動不動就找機會偷懶。」

「人是會成長的。」

「真讓人不爽。」

漆原假裝沒聽見萊拉的評論。

「我在這裡工作的期間，已經反省過了。」

「……我就姑且聽一下你怎麼說吧。」

「雖然妳好像覺得我變得很認真，但我現在還是不在乎世界會變得怎麼樣。我只是不想害阿拉斯．拉瑪斯哭，還有覺得為了之後能做開心的事情，現在先暫時聽別人的命令工作也不壞。實際上我也覺得自己幹得不錯喔？」

「……的確，整備的工作好像也比預定的還要早完成……」

「因為我想起了很多事。」

「我倒是很在意那些事情是什麼。」

「換句話說，我不僅要替所有人準備移動方法，記住重要情報，還要在這裡賭上性命應付那隻痴呆蜥蜴。妳應該也知道吧？那傢伙的魔力光真的很不妙。」

「是、是啊……」

「反過來看妳又是如何，真奧和艾米莉亞同居？這種事情我才不管。我們還不曉得那個太空人的真實身分，現在真奧和艾米莉亞真的是我們的最高戰力喔？而且我們還不斷遭到各種妨礙，之前不曉得法爾法雷洛還是誰曾經說過，人類真的都只會考慮自己的事情……」

睡袋裡那對充滿怒意的眼睛，開始變得愈來愈混濁。

「所以啊，我有在反省喔。沒想到自己努力的時候，其他人都忙著在做些無關緊要的事情會讓人這麼生氣。我打算以後要安靜一點，像森林裡的苔蘚那樣生活。」

「這……這樣啊……嗯？」

「蘆屋就算了。因為他非常努力。相較之下，妳真的覺得真奧和艾米莉亞同居會發生什麼事情嗎？除了如果沒事先告知，佐佐木千穗可能會發牢騷以外，什麼都不會發生吧！所以我不准妳回日本！」

「我知道，我知道了啦！別那麼大聲！」

「真是的！我就算賭一口氣也要再睡一下！以後別再為了這種無聊事把我吵醒！雖然我不知道高峰會是要幹什麼，但要是之後再聽見貝爾或佐佐木千穗吃到了什麼美食之類的消息，我真的會生氣喔！」

化為睡袋蓑衣蟲的漆原在大喊的同時，用力扭動身體在地上滾動，在撞上牆壁後就變得一動也不動。

雖然不曉得是痛到發不出聲音，還是單純不滿地想要繼續睡，但害怕後果會很可怕的萊拉，還是偷偷打消了回日本的念頭。

「不過……總覺得一切結束後，一定又會恢復成原本的樣子。」

看著漆原不滿地縮在睡袋裡，背對這裡躺在牆壁旁邊，萊拉只能如此聳肩說道。

※

在安特．伊蘇拉各地工作的人們，就這樣度過了一天。

此時真奧正在體驗來日本後第一次接觸的家庭浴室。

正確來講，真奧之前住在銚子的大黑屋時，那裡也有浴室，但比起家庭浴室，那更像是職場宿舍的浴室。

「仔細想想，家裡有浴室真是不得了。」

不難想像不用出門就能洗澡，對真奧來說是多麼革命性的突破。

當然就算是豪華公寓，浴室也不會豪華到太誇張。

即使如此，對一般的單身人士來說，這間浴室的機能已經算是夠齊全，空間也夠寬敞了，光是水龍頭的形狀，就跟真奧知道的澡堂水龍頭截然不同。

惠美姑且有跟真奧說明過各種設備的用法，還拿了一條事先買的新毛巾給他。

「她好像……意外地會照顧人呢……啊～還是別把熱水弄得太髒……還有得小心別用太多熱水。」

真奧如此低喃，然後開始戰戰兢兢地使用不熟悉的浴室。

「啊……在家裡沖澡感覺真棒……感覺熱水的水壓也比較沒那麼強，真不錯呢。」

姑且不論溫度，澡堂的蓮蓬頭水壓偶爾會突然變強，如果蓮蓬頭的洞堵住，水還會噴向奇怪的方向，惠美家的蓮蓬頭造型比較高雅，而且即使有一定的水壓，水噴在身上的感覺還是比較柔和。

「我看看，她有說過可以用這個架子上的洗髮精。」

真奧原本打算買新的洗髮精或肥皂。

但阿拉斯．拉瑪斯在知道真奧要住下來後，就堅持不肯離開他，等惠美準備哄她睡覺時，已經是晚上九點了。

即使是附近的連鎖藥局也只開到晚上九點，周圍的便利商店好像也沒賣男性的盥洗用品。

於是惠美只好無奈地允許真奧今天能使用家裡的洗髮精和沐浴乳——

「……完全看不出來內容。」

架子上放了三個外表幾乎一樣的半透明塑膠瓶。

大概是在百圓商店買喜歡的瓶子，再直接買補充包來加吧，但除了剩下的量不同以外，真奧實在看不出其他差別。

「嗯……這裡有寫字？呃……綠色、環保瓶……是商品名稱啊！」

真奧看完作為設計的一部分的文字後，才發現只是徒勞。

但他也不能光著身子呼喚惠美，而且惠美正在哄阿拉斯．拉瑪斯睡覺。

畢竟剛才就算告訴阿拉斯．拉瑪斯明天也能跟爸爸在一起，她還是堅持不肯睡覺。

如果再讓她被真奧的聲音吵醒，不曉得惠美會怎麼責備他。

「我記得從右邊開始分別是洗髮精、潤髮乳和沐浴乳……嗯？還是從左邊開始……唉，算了。」

真奧決定用猜的，他先沖一下頭髮，然後準備用最右邊的瓶子。

從壓嘴裡擠出來的液體，無論顏色或香味都讓真奧感到陌生，所以他當然也無法判斷內容到底是什麼，只能先試著拿來搓洗頭髮……

「……啊。」

沒有泡沫。這表示最右邊的瓶子是潤髮乳。

他瞬間聽見惠美抱怨的幻聽。

「猜錯了。可惡。」

真奧平常原本就只有用澡堂的洗潤雙效洗髮精，從來沒單獨用過潤髮乳。

因此光是有三個瓶子，對他來說就是意外狀況。

「……這下麻煩了。」

不過這麼一來，剩下兩個瓶子的內容物一定都搓得出泡沫。

「正常來想……用在頭髮上的東西應該會放在一起……？」

所以正確答案大概是從右邊開始分別為潤髮乳、洗髮精和沐浴乳。

這表示真奧一開始的推測完全錯誤。

「話雖如此，我也不敢從現在開始確認，不管哪一樣都比我平常用的高級多了。今天還是就先隨便洗一洗……明天再買自己的盥洗用品吧。」

真奧做出如果被惠美聽見一定會惹她生氣的結論，決定先隨便挑一個有泡沫的洗頭髮和身體。

洗完這個讓身體變清爽但事後感覺很糟的澡後，真奧走出浴室。

他穿上內褲和充當睡衣的T恤與短褲後，開始左右張望。

「唔……」

在整理過的盥洗臺那裡放了洗手乳和漱口杯，但找不到吹風機。

大概是收在某個櫃子裡，不過真奧不想因為亂開被罵。

「……惠美，喂～」

比起亂開櫃子或抽屜被罵，還是直接問比較快和安全。

真奧試著用不會吵醒阿拉斯．拉瑪斯的音量呼喊——

「……怎麼了？」

結果回答的聲音意外地近。

阿拉斯．拉瑪斯似乎已經入睡，隱約還能聽見電視的聲音。

「有吹風機嗎？」

「啊，我確實忘了告訴你……你有穿衣服吧？」

「嗯。」

「……」

真奧感覺到有人起身的氣息後，惠美走了進來。

然後，她打開鏡子旁邊的櫃子，拿出一支比想像中還大的吹風機。

「插座在那裡。」

簡短說完後，惠美就準備離開——

「……」

但她突然像是想起了什麼般，打開真奧剛才走出來的浴室門，開燈看裡面的狀況。

「我、我做錯什麼了嗎……」

從真奧白天來到這裡以後，惠美久違地散發出嚴厲的氣息，讓真奧害怕地如此問道。

「的確，像這種事必須一一確認才行。」

「咦？」

「……你平常都是去澡堂吧。」

「嗯、嗯。」

「家裡的浴室，會殘留許多頭髮。」

「頭髮？」

真奧驚訝地問道，惠美打開浴室的門指向地板。

在溼答答的地板上，黏了許多真奧的黑色短髮。

「雖然我不至於要你打掃，但離開浴室前記得沖一下。」

「我、我知道了。抱歉。」

「沒關係啦。畢竟你本來不知道。還有，洗完澡後記得按這個開關打開換氣扇，不然很容易發霉。還有……」

「還沒完啊。」

「那裡有個清潔滾輪吧。用完吹風機後，記得用那個打掃掉在更衣間的毛髮。就這樣。」

補充了幾條新規定後，惠美立刻走出去。

真奧拿著看起來很貴的吹風機──

「……看來會比想像中還要辛苦。」

忍不住如此嘟囔。

他用明明看起來很貴，溫度和風力卻都比澡堂弱的吹風機吹乾頭髮後，就按照惠美的吩咐用清潔滾輪回收看得見的頭髮。

「……啊。」

這時候又出現新的問題，那就是溼毛巾和要洗的衣服。

就在真奧這麼想時，惠美先敲了一下廁所的拉門才走進來。

「不好意思，要洗的衣服今天就先裝這裡吧。」

她拿出一個超市塑膠袋給真奧。

「要洗的衣服平常是放在洗衣機旁邊的籃子裡，我明天會準備你的籃子。」

「髒衣服要分開放嗎？」

「那當然。我和阿拉斯．拉瑪斯用的洗衣精不同。如果你也會挑洗衣精，就自己另外買吧。不挑的話就用我家的。」

「我對洗衣精沒什麼堅持。平常都是用洗衣粉……不過。」

「怎樣？」

「讓我用這麼多妳家的東西沒關係嗎？」

真奧忍不住這麼問後，惠美稍微皺起眉頭嘆了口氣。

「現在重要的是你、我和阿拉斯．拉瑪斯的『家庭』氣氛。」

「喔、喔。」

「如果什麼東西都只有你用不同的，會顯得很奇怪吧。而且如果真的要開始在意這種事，講得極端一點，我甚至會想叫你另外準備一臺你專用的洗衣機呢。」

「說、說得也是。」

惠美確認真奧收下塑膠袋把衣服裝進去後，繼續說道：

「我知道你很緊張，但我們還是看開一點吧。我沒打算過度冷遇你，雖然應該不會持續很久，但至少在阿拉斯．拉瑪斯面前盡量不要吵架吧。如果還有什麼不懂的事情再叫我。」

說完後，惠美再次轉身離開。

「……感覺真的到了關鍵時刻，反而是她比較成熟。」

因為惠美一開始表現得十分抗拒，所以這樣的發展讓真奧有種期待落空的感覺。

然後——

「感覺好怪。」

「沒辦法吧。我想了很久以後，才發現這樣最好。艾美來的時候，我也是讓她這樣睡。」

晚上十點半，惠美也幫真奧準備了正式的床位。

真奧原本以為會是惠美和阿拉斯．拉瑪斯睡床，真奧自己蓋毛毯睡地板。

但洗完澡後，真奧在客廳後面的寢室裡看見阿拉斯．拉瑪斯已經躺成大字形睡在床鋪中央，地板上則是鋪了兩組棉被。

「你睡離床比較遠的那個。就算阿拉斯．拉瑪斯晚上醒來說了什麼，你也不曉得怎麼處理吧。」

「喔、喔……呃，嗯。」

真奧這時候也不曉得該怎麼回應。

因為他完全沒想到惠美會幫他鋪棉被。

「你先睡吧。我也要去洗澡了。」

「嗯……」

惠美說完後就丟下坐在棉被上的真奧，直接走去浴室。

接下來的三十分鐘都能感覺到有人在做什麼的氣息，但過不久惠美就關掉客廳的燈，回到寢室。

惠美從浴室回來後，身上的衣服已經換成方便行動的黃色T恤和短褲，那似乎是她的睡衣。

「你怎麼還醒著？」

「呃，那個……不好意思，我要幫手機充電……」

「……啊。」

惠美點點頭，指向窗邊的牆壁。

「雖然有點遠，但只剩那裡，你就用那邊的插座吧。」

「嗯，不好意思。」

在真奧蹲在窗邊替手機充電的期間——

「那晚安了。」

惠美已經迅速鑽進中間的那組棉被裡。

真奧見狀，便莫名地感到緊張，他努力不製造出聲音，背對惠美鑽進離床比較遠的那組棉被裡。

從床墊的床單傳來剛洗過的觸感和香味，棉被也比真奧蓋過的所有棉被都要輕盈和溫暖。

陪阿拉斯・拉瑪斯玩了很久，又在不習慣的地方累積了許多疲勞的真奧，馬上就感受到強烈的睡意。

不過真奧還有些必須要說的話，所以他下定決心，對背後的惠美說道：

「惠美。」

「……什麼事？」

惠美也沒回頭就直接回答。

「……那個，對不起。」

「怎麼說？」

因為真奧突然道歉，所以惠美的語氣聽起來有些驚訝。

「……那個，妳之前來我家的時候。就是情況還沒變成這樣之前。」

「和加百列交手的時候？」

「……沒錯。我們當時是直接讓妳睡榻榻米吧。」

「嗯，確實有這麼一回事。你不說我都忘了。那又怎樣？」

「……嗯，那個，妳今天真的為我做了很多，讓我突然覺得有點愧疚……所以，向妳說聲對不起。」

「……」

從惠美那裡傳來有些困惑，以及翻身的氣息。

從她用力吐了口氣的聲音判斷，似乎是換成了仰躺。

「我還以為你突然想說什麼……當時的狀況和現在不一樣吧。」

「唉，是這樣沒錯，不過啊。」

「無論是當時或這次，我們都只是在不得已的狀況下那麼做。所以沒有問題，這樣就好了。你說完了嗎？明天也要早起，差不多該睡了。」

「喔、喔，我知道了，抱歉。」

「嗯，對了，還有一件事。」

「嗯？」

「雖然天禰小姐說會幫忙聯絡……但還是要找機會跟千穗和貝爾好好說明。」

「……嗯。」

「如果你不願意就算了？」

「……這怎麼行……」

「你應該不方便開口，所以我會自己找機會跟她們說……那麼，這次真的晚安了。」

「……嗯。」

再次道完晚安後，沒過多久，惠美也開始發出熟睡的呼吸聲。

在惠美的另一邊，則是阿拉斯・拉瑪斯的打呼聲。

外面偶爾會傳來緊急車輛的警報聲。

真奧聽著這些聲音，回想今天發生的種種……

「……呼……」

然後真奧也開始靜靜地陷入沉眠。

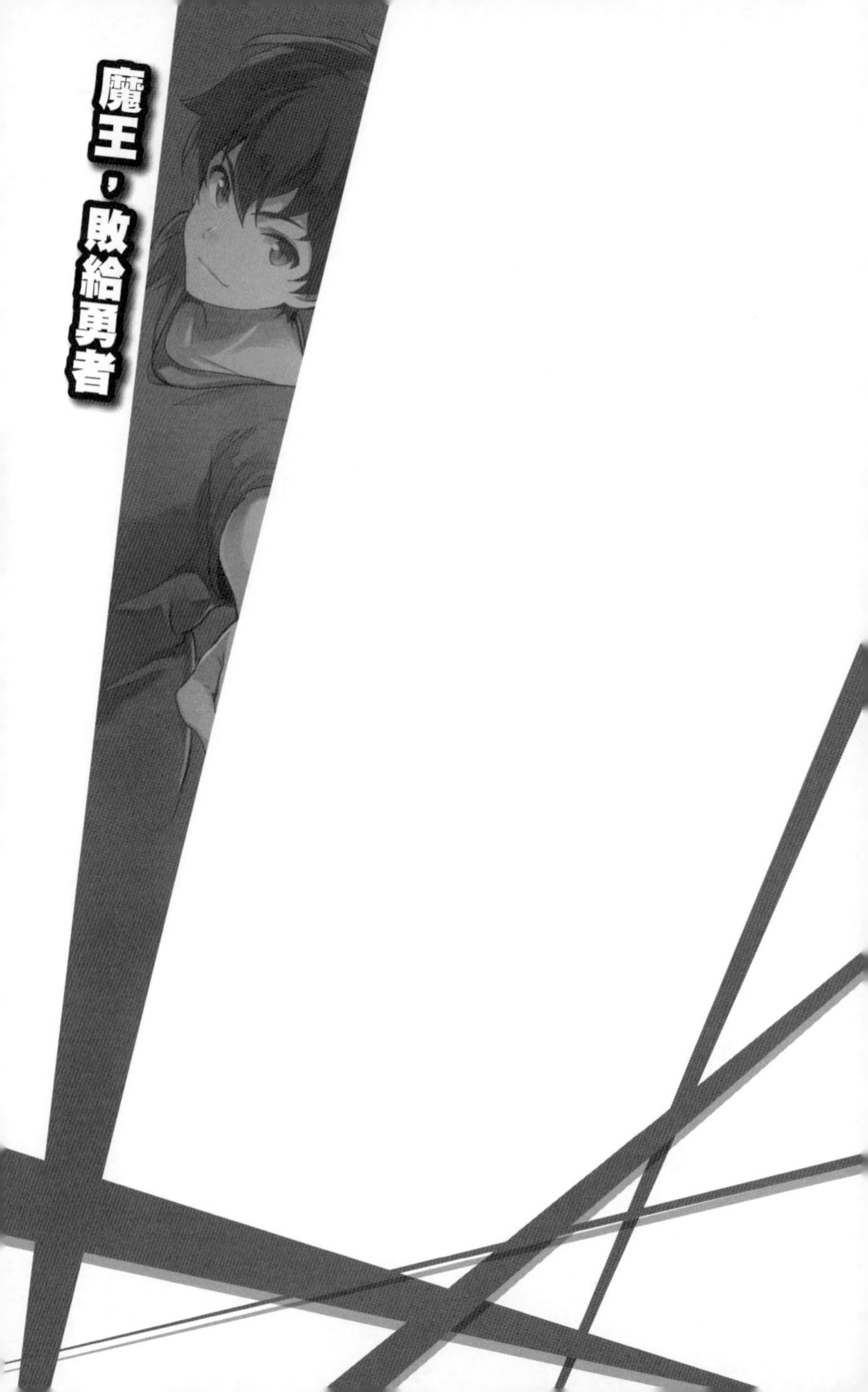
魔王，敗給勇者

「請用……」

里穗泡了家裡最好的紅茶，戰戰兢兢地將茶杯放在客人前面。

這是因為里穗已經知道眼前這個身材比自己嬌小，外觀怎麼看都和自己女兒年紀差不多的女性的真實身分。

「請不用替我費心～～不好意思這麼晚來打擾～～」

「不會……」

「順便請問一下～～妳的先生知道嗎～～」

里穗正確地理解客人這個問題的意思。

「不，他還不知道。」

「……原來如此～～」

客人也輕輕點頭。

「給妳添麻煩了～～等事情辦好我就會立刻離開。如果會打擾到妳，不如讓我在令嬡的房間等吧～～」

客人提出誠摯的建議。

里穗稍微思考了一下，在客人面前坐下後搖頭。

「……不用了，不介意的話，請繼續坐在這裡等吧。爸爸不清楚女兒的交友狀況本來就是常態，而且……如果擅自讓朋友進女兒的房間，她之後可能會生氣。」

「……感激不盡～～」

客人尊重里穗的意思，誠懇地輕輕低下頭。

現在剛過晚上十點不久。

明顯不是適合拜訪別人家的時間。

「我回來了……啊～累死我了……媽媽，我肚子餓……咦？」

「妳好～～」

「艾美拉達小姐？妳怎麼來了？」

剛從補習班回家表現得很鬆懈的千穗，在發現艾美拉達來家裡後嚇了一跳。

艾美拉達穿著宮廷法術師的服裝，以神聖．聖．埃雷帝國貴族的身分，向千穗行了一個比面對里穗時還要鄭重的禮。

「議長閣下，請原諒我沒有事先預約就突然前來打擾。」

她低著頭如此說道。

「艾、艾美拉達小姐？」

「身為高峰會的出席者之一，這種愚蠢的行為實在非常不應該……但我獲得志波大人的允許，並拜託令堂讓我在這裡等候。」

「喔、喔……」

千穗沒有放下肩膀上的包包，困惑了一下後——

「志波大人……是指房東太太嗎？還是天禰小姐？」

才總算擠出這個問題，艾美拉達嚴肅地回答：

「我是請大黑天禰小姐幫忙轉達志波大人。」

「千、千穗……？」

至於里穗，則是不曉得該如何應對艾美拉達和千穗之間的氣氛，維持從椅子上起身的姿勢僵住。

「……」

但千穗一聽見艾美拉達的回答，表情就瞬間放鬆。

「天禰小姐真是的……明明都已經過了那麼多天……」

千穗臉上的疲憊又多了一倍，她沮喪地垂下肩膀，轉身背對低著頭的艾美拉達。

「可以去我房間講嗎？還是……妳想現在就過去看情況。」

艾美拉達一聽見千穗這句話，就笑著說道：

「雖然在令堂面前講這種話不太妥當～～但要一起去夜遊嗎～～？」

「唉……媽媽。」

「什、什麼事？」

「我出去散步一下，不好意思，可以幫我鎖一下房間的窗戶嗎？」

「咦？窗戶？」

一分鐘後，里穗用曖昧的笑容看著艾美拉達背自己的女兒跳出窗戶，消失在夜空當中。

好像是因為如果和艾美拉達一起在這個時間出門，可能會被警察叫去輔導。

「……一般的夜遊，應該不是指這種事情吧……」

高中女生的母親實在忍不住這麼想。

「至少希望她們回來時能從大門進來。」

※

「真不好意思～～！自從聽說了那件事情，我就一直坐立不安～～！」

在寒冷的夜風中，艾美拉達看起來不怎麼愧疚似的說道。

千穗傻眼地捏了一下艾美拉達的臉頰。

「跟其他會議出席者說要盡可能少和我接觸的人，不就是艾美拉達小姐嗎？要是被其他人知道，我可不管喔。」

「我比較特別～～所以沒關係啦～～千穗和艾米莉亞與魔王認識很久所以可能沒什麼感覺～～但我認真起來也是不輸艾米莉亞喔～～是戰略兵器等級～～」

「……就是因為真的是這樣才可怕……雖然我能理解妳的心情，不過現在……」

「我知道啦～～知道歸知道～～」

艾美拉達的微笑冰冷到彷彿能將晚風凍結。

「這次的事情～～……我無無無無無論如何都無法接受～～坦白講～～我無法明白為什麼千穗小姐一臉若無其事的樣子～～」

「天禰小姐真是的……淨說些多餘的事情……」

艾美拉達．愛德華是千穗策劃的「第二次進攻魔王城計畫」的關鍵人物之一，也是高峰會的成員。

儘管地位比其他成員矮一截，但曾與勇者並肩作戰的經歷足以彌補這一點。

因為在政界占有一席之地，所以戰鬥方面的能力就比較不引人注目，但即使不及惠美，艾美拉達和艾伯特的實力也達到了戰略兵器的等級。

由千穗擔任議長的高峰會，主要的議題是討論滅神之戰後該如何統整安特．伊蘇拉，而讓艾美拉達這樣的人物輕率接觸她的理由，就只有一個。

「鈴乃小姐和蘆屋先生知道這件事嗎？」

「嗯～？是指我跑來日本的事情嗎～～？還是～～」

艾美拉達在空中回過頭，露出像是陷入瘋狂的大蛇般的笑容。

「比我的性命還要重要的艾米莉亞～～已經跟魔王同居一段時間的事情～～？」

「天禰小姐到底是怎麼說的啊啊啊啊啊！」

反正散布這個情報的人一定是天禰。

在聽說是由天禰擔任窗口時，千穗就大概猜到會變成這樣了，在鈴乃知道這件事的時候，天禰一定已經將這個消息傳給所有和她保持聯絡的人。

艾美拉達非常清楚千穗、真奧和惠美三人的關係，所以才會對千穗的反應感到困惑，但站在千穗的立場，為了實現自己的目的，不如說她非常樂見真奧和惠美同居。

所以當留在安特·伊蘇拉的鈴乃通知千穗時，她也沒有慌張，甚至打算把這個消息利用在高峰會上。

「……現在還不到十一點。真奧哥和遊佐小姐應該會工作到打烊，妳打算先去哪裡等？」

「那還用說～～對面不是正好有一間適合的店嗎～～」

「哇！」

艾美拉答說完後，就急速朝幡之谷的邊界下降。

為了避免被別人看見，兩人在一棟住商混合大樓的後面降落，然後直接穿過某間店的大門。

「歡迎光……嗯？」

櫃檯後面的男子，一臉意外地上前迎接兩人。

「怎麼了，佐佐木千穗，怎麼在這個時間……咦？」

肯特基炸雞店店長猿江三月，在認出千穗後意外地揚起眉毛——

「……妳是艾美拉達・愛德華吧？」

認出站在千穗旁邊的艾美拉達後，他又變得更加驚訝。

「您好～～大天使沙利葉大人～～最近過得好嗎～～我們有點雜事要辦～～請讓我在這裡待到打烊～～啊～～千穗小姐，我要楓糖百斯吉和熱奶茶～～剩下就看妳要用這些錢點什麼吧～～」

艾美拉達不知何時已經掏出不曉得從哪裡弄來的一萬圓紙鈔交給千穗，然後直接走去用餐區座位。

千穗目送那道背影離開後，重新轉向沙利葉，然後被對方怨恨的視線嚇了一跳。

「喂，佐佐木千穗。最近有很多奇怪的人出入麥丹勞。妳到底做了什麼？」

「咦，呃，那個……什麼都沒做喔？」

「妳以為能騙得了我嗎？我真想把接到木崎店長的電話後，被她說出真實身分時的心情寫成報告，讓妳好好看一遍。」

「對、對不起……」

「聽好了，不管妳想做什麼，我都不會妨礙或干涉妳！不過！要是妳敢妨礙我和木崎小姐幸福的未來，我絕對不會放過妳！」

「對、對不起啦！我以後會小心！」

雖然對沙利葉與木崎幸福的未來這點大有疑問，但因為千穗有錯在先，所以現在實在不適合講這個。

「我才不管妳小不小心，總之以後別再搞出這種名堂！還有！除了楓糖百斯吉和熱奶茶以外，你們還要點什麼噗！」

「呀？」

此時，突然有人用一個褐色的板子用力敲了一下沙利葉的後腦杓。

仔細一看，那是肯特基的托盤，一位女性員工從他背後現身。

「怎麼可以對客人講話這麼粗魯。」

「古、古谷……」

叫古谷的女員工將驚訝的沙利葉推到旁邊，站到千穗面前。

「猿江店長對您失禮了，由我來幫您點餐。」

「咦，啊，嗯，那我要原味炸雞套餐……」

女員工的名牌上寫著「古谷加奈子」，千穗也知道這個名字。

她好像是這間店裡唯一能夠管得住沙利葉的員工。

千穗一看見她的名字，就覺得單點小杯飲料占用店裡的座位很不好意思，所以即使已經是這個時間依然點了套餐。

「我知道了。馬上為您出餐，請在這裡稍等一下……喂，店長，快去準備！」

「唔唔唔……」

沙利葉按照古谷加奈子的指示，開始呻吟著準備餐點。

這樣實在讓人搞不清楚究竟誰的地位比較高，就在千穗看向沙利葉時，古谷加奈子主動向她攀談：

「……您就是佐佐木千穗小姐吧？」

「咦？」

「這應該是我們第一次正式交談。我是肯特基炸雞店幡之谷店的時段負責人，敝姓古谷。」

「喔、喔……」

「聽說木崎店長還在時，每次猿江過去打擾都是由真奧先生和佐佐木小姐應付。真的很抱歉給你們添了麻煩。」

「不、不會啦，那個，猿江店長也是客人，而且他也不是壞人……」

「雖然或許不是壞人，但是個祕密很多的人。而且性格還很不謹慎。」

因為古谷加奈子說得太乾脆，害千穗差點漏聽。

但古谷加奈子這句話裡包含了絕對不容忽視的重點。

「古、古谷小姐……？妳這句話是什麼意思……」

「因為一些因緣際會，我和大木明子小姐算是有些交情。猿江最近從木崎小姐那裡接到一通出乎意料的電話，變得十分慌張……仔細聽他說明後，才發現都是一些早就已經知道，單純沒有機會說出口的事情，但猿江本人卻表現得像是外遇被發現般驚慌。坦白講，他那天完全無心工作，給我添了很大的麻煩。」

「呃……」

這個出乎意料的狀況，讓千穗完全僵住了。

和明子認識，最近又曾聽慌張的沙利葉訴苦的古谷，對至今幾乎沒交談過的千穗說出神祕的話。

千穗還不至於遲鈍到不曉得這段話背後的含意。

「佐佐木小姐。」

「是、是的？」

「讓您久等了。這樣您的餐點都到齊了吧。」

千穗發現自己點的餐點不知何時已經都出現在櫃檯上，連忙收下那些餐點。

「請、請慢用……」

勉強維持店員形象的沙利葉丟下這句話後，就退回廚房。

千穗目送他的背影後，才猛然回過神端起托盤，輕輕行了一禮準備離開櫃檯——

「呃，那個，對不起，打擾你們工作……」

「不會……啊，對了，佐佐木小姐。」

「是的？」

但馬上又被叫住。

「其實我從高中就開始做這份打工。」

「喔、喔。」

「我一開始是在初台靠近新宿那邊的分店工作，但住家附近開了這間店，才配合開幕調到這裡工作。」

初台是和都營新宿線相連的京王新線上的車站，離幡之谷只有一站。

「這、這樣啊。」

千穗不曉得古谷加奈子為什麼要突然說這個，接著後者輕輕朝千穗眨了一下眼。

「我被初台店錄取後的下一個月，麥丹勞幡之谷站前店才開始招募員工。雖然念的高中離初台的肯特基比較近，但我家比較靠近幡之谷，我還清楚記得當時覺得自己真是失算了。」

「咦？」

「要是當時選了麥丹勞，不曉得現在會變怎樣呢……呵呵。」

那個笑容讓千穗稍微打了個寒顫。

但她並未因此動搖。

千穗早就已經捨棄會因為這種事情動搖的軟弱內心與覺悟。

「古谷小姐。」

「是的。」

「請轉告猿江店長在外面的時候別因為私人的事情動搖。」

加奈子瞬間畏縮了一下，但立刻苦笑著行了一禮。

「請慢慢享用餐點。」

加奈子目送千穗快步走向和她一起進來的少女。

然後將視線停在那個外觀非常神祕的少女身上——
「雖然還有點難以置信……但如果是真的就有趣了。相較之下。」
加奈子一回頭望向廚房，就看見店長猿江三月憔悴的側臉。
「……真是的。」
加奈子輕輕嘆了口氣，露出微笑。
「為什麼我這邊是這種傢伙？真讓人難以理解。」

「你們聊了什麼～～？」
「沒什麼，那位姓古谷的員工，因為沙利葉先生的事情認識麥丹勞的員工，然後我們聊了一些關於我辭掉打工的事情。」
「這樣啊～～」
店裡的客人不多，以艾美拉達的聽力，應該有辦法偷聽千穗和古谷的對話。
但古谷加奈子絕對不會對千穗或艾美拉達的未來造成多大的影響，即使艾美拉達有聽見，她現在也還有更重要的事情要處理。
「我說啊～～」

「嗯。」

「雖然我聽說了很多關於質點或『基礎』的事情～～但不管是貝爾小姐的說法～～還是天禰小姐的說法～～都讓我覺得不太能接受～～」

「咦？」

「啊，我姑且確認一下，我們是在聊遊佐小姐與真奧哥同居的事情吧？」

艾美拉達似乎沒預料到千穗會這麼問。

因為她一開始就說過是為了這個目的而來，但千穗還是特地再確認一次。

「嗯、嗯～～是這樣沒錯～～」

「我知道了。所以怎麼了嗎？」

「妳都不在意嗎～～！」

「呃……妳是指遊佐小姐和真奧哥同居的事嗎……」

「所以我剛才不是就這麼說了嗎～～」

千穗的態度莫名地不乾脆，讓艾美拉達難得感到煩躁。

「千穗小姐也不是小孩子了～～應該能夠明白吧～～？」

「……對不起，我不太明白。」

「千穗小姐，我啊……」

氣氛瞬間變得冰冷。

「已經接受魔王待在艾米莉亞身邊的事實，但內心從來沒有認同過。」

「……」

「妳想跟魔王一起生活是妳的自由。如果魔王想一輩子在日本生活，那樣也沒關係。不過……」

艾美拉達平常給人的溫和印象已經全都消失無蹤，她瞪著千穗說道：

「前提是妳能負責將魔王綁在這個世界。」

「…………艾美拉達小姐。」

「什麼事？」

「……我要先向妳道歉。迪恩·德姆·烏魯斯大人已經把所有出席高峰會的成員資料都給我了。」

「……呵呵。」

光是這樣的一句話，就讓艾美拉達明白了一切。

「真是敵不過那個老太婆。」

艾美拉達一反常態地變得怒容滿面，用力咬緊嘴唇。

千穗泰然承受她的憤怒。

「……艾美拉達小姐……妳也有家人……被魔王軍殺掉了吧。」

千穗在這之前完全不了解艾美拉達的過去。

她知道這不是能夠輕易公開的事情。

即使如此，千穗依然覺得這麼晚才發現異世界友人懷抱的傷痛是自己的疏忽。

不過，艾美拉達的個性也沒軟弱到會因為這樣就動搖。

「這並不稀奇。雖然我不曉得妳知不知道，但其實奧爾巴、賽凡提斯和艾伯也是一樣的狀況。」

「……」

「這件事妳也有聽說嗎？在路西菲爾軍逼近皇都時……我……我做出了捨棄父親領地的判斷。」

「……嗯。」

「這樣事情講起來就簡單了。」

艾美拉達用力吐了口氣後，重新坐好。

「我是聖·埃雷的一個偏遠領地的領主長女。因為是鄉下地方，所以只有農作物的產量特別高，家裡的人代代都無法擺脫暴發戶的思維。但正因為是這樣的家庭，大家唯獨特別清楚學問的重要性。在鄉下，由男子繼承家業是理所當然的常識，我之所以能去皇都念大學，完全是

因為家人的愛。我捨棄的就是那樣的家人。」

「……」

「當時已經確定無法抵擋路西菲爾軍的猛攻，即使如此，教會騎士團依然遲遲不願意行動。我對平常自稱是神的使徒，但在關鍵時刻完全派不上用場的教會感到失望，所以在皇都戰鬥時還刻意讓法術擊中大聖堂。當時有情報顯示亞多拉瑪雷克軍將從北方進逼，讓我一直深陷如果派軍隊支援偏遠領地，皇都一定會被毀滅的想法，結果我還是成了路西菲爾軍的俘虜。」

艾美拉達拿起百斯吉，張大嬌小的嘴巴咬了一口。

「我花了好一段時間才明白自己做了什麼。直到路西菲爾被打倒，我開始和艾米莉亞一起旅行並首次抵達斯隆村的時候，我才總算察覺。」

「斯隆村……是遊佐小姐的故鄉吧。」

「對當時的艾米莉亞而言，勇者的使命仍是難以承受的負擔，她在斯隆村被燒毀的老家前面哭了一整晚。不只父親，她一一呼喚認識的村民的名字。這讓我察覺自己捨棄的人們，一定也和她一樣是在呼喊著某人名字的情況下死去……」

「……」

「不過身為中央的官員，我最後還是選擇捨棄家人與故鄉。我好歹是個貴族，所以並不後悔做出這個判斷，如果基於私情拯救別人，反而有損我的尊嚴。雖然像你們這樣的普通日本人可能很難理解這種精神，但這才是我們的常態……」

艾美拉達繼續吃著百斯吉，眼眶開始泛淚。

「但即使如此，心裡的憎恨還是不會消失。作為一個政治家，我對做出冷靜判斷的自己並不感到後悔，但作為一個家人被殺的女兒，我無論如何都無法原諒家人的仇人。在守護代替全世界犧牲，勇敢對抗魔王軍的艾米莉亞的過程中，我這兩個激烈的側面逐漸合而為一。艾米莉亞原本是個柔弱的女孩子，只是因為出身就被迫成為勇者。是我們太軟弱，才會讓她背負一切。妳能相信嗎？艾米莉亞打倒路西菲爾時，身材可是比現在的妳還要嬌小。」

「……所以妳才無法接受真奧哥和遊佐小姐一起生活嗎？」

「……不對。」

艾美拉達搖頭。

「我自己也不知道。明明那天看見艾米莉亞痛哭時，我的內心激動到彷彿頭都要裂開了，但我還是不曉得該如何是好。你們都說這是為了阿拉斯．拉瑪斯，是為了世界，從長遠的眼光來看，這次的同居一定會對世界有幫助。即使如此……即使如此……」

艾美拉達握碎了百斯吉。

「無論可能性再怎麼低……一想到艾米莉亞可能會落入魔王撒旦的魔掌，我就覺得自己的心快被撕裂了。身為政治家的我，一直告訴自己要冷靜面對這個狀況，反正絕對不會發生什麼

事。」

「艾美拉達小姐……」

「不過……被留在那個擺脫了所有拘束的地方的『我』……一直在吶喊著絕對……絕對不能原諒那個奪走了我的家人和故鄉，將我的心撕裂成兩半，還厚著臉皮和我發誓要一輩子守護的艾米莉亞同居的男人。」

千穗正面承受安特．伊蘇拉最強法術師寧靜但激烈的發言。

「我不可能和阿拉斯．拉瑪斯變親近。姑且不論實際上的血緣如何……那孩子是艾米莉亞和魔王的女兒。我沒辦法愛那個孩子，沒辦法擺脫她是魔王之子的想法……畢竟連艾米莉亞本人……都承認了這一點。」

雖然阿拉斯．拉瑪斯不至於敵視艾美拉達，但只要艾美拉達做出情緒比較激烈的反應，她偶爾甚至會躲到惠美背後。

沒有人知道原因是不是就像剛才艾美拉達所說的那樣。

不過艾美拉達本人一定是有一定程度的確信，才會這麼認為。

「我到底該怎麼辦才好。妳喜歡魔王吧。既然如此，為什麼妳能夠允許他和其他女性一起生活？」

艾美拉達的語氣聽起來與其說是譴責，不如說是單純的疑問。

無論如何，這都是千穗第一次聽見艾美拉達．愛德華這個人的真心話。

而關於這個問題，千穗的心裡早就已經有答案了。

或許早在滅神之戰開始前，這個答案就已經在她的心裡。

「艾美拉達小姐，我剛才不是一直在確認是不是要談『真奧哥和遊佐小姐』的事情嗎？」

「……嗯。」

「這是因為我覺得艾美拉達小姐或許已經看穿了我真正的想法。」

「妳太抬舉我了。我最近完全搞不懂妳在想什麼。」

「直到不久之前，我都還只是跟在真奧哥他們後面的小跟班。」

「唔……不，沒那麼誇張吧。」

千穗這幾個星期給人的感覺明顯不同了。

至少艾美拉達剛來日本時在她身上感覺到的那種柔弱又不可靠的印象已經蕩然無存。

千穗現在不僅變得意志堅定，還會強烈表現出自己的主張，甚至到了讓人懷疑是不是迪恩．德姆．烏魯斯替她做了什麼訓練的程度。

「不過某方面來說，這也是無可奈何。我最近也搞不懂真奧哥他們在想什麼，而且……等我們救出阿拉斯．拉瑪斯的朋友後，大家就會各奔東西吧。」

「各奔東西？」

「……嗯。」

千穗點了一下頭後，拿起套餐的薯條倒在托盤上。

「大概就是這種感覺。」

「……」

「蘆屋先生一定會努力讓惡魔們能夠確實定居在各個國家。鈴乃小姐……雖然我沒問過她，但大神官這個職位應該沒那麼容易辭退。遊佐小姐可能會在日本念書，也可能會在安特·伊蘇拉重新務農。漆原先生……雖然我不知道他在想什麼，但那個人大概只要能夠輕鬆地過無所事事的生活，其他事情都無所謂吧。」

「……魔王呢。」

「真奧哥是最沒用的一個。他總是漫無目的地行動。」

千穗像是把散落的薯條比喻為真奧般，放進嘴巴。

「雖然他說要在日本當上正式職員，但好像也是真心想協助木崎小姐開店，儘管他很在意惡魔們的事情，但實際在現場指揮的一直都是蘆屋先生。不僅沒回覆我的告白，還逃避了鈴乃小姐的心情，就連拯救了阿拉斯·拉瑪斯妹妹的朋友後，阿拉斯·拉瑪斯妹妹會變怎樣都不知道喔？連他到底是要和朋友一起生活，或者一直和遊佐小姐在一起，還是真的要和遊佐小姐結為夫妻……都不知道吧？」

「……雖然現在講也太晚了，但還是放棄那個男的會比較好吧？」

「這種話就像對艾美拉達小姐說要妳放棄遊佐小姐的幸福一樣。會在合理和不合理之間搖擺不定，才算是人類吧。」

像這樣回答完後，千穗重新整理散亂的薯條，放回紙盒裡。

「我想做的事情就是這個。」

「……把一切都放回原本的地方嗎？」

「不對喔？」

千穗說完後，輕輕彈了一下紙盒。

「是打造即使大家之後各奔東西，依然隨時都能像這樣聚集在一起的……該說是器皿？還是氣氛？總之就是那樣的地方。」

「……」

「即使想留住他們，除了漆原先生以外，大家都有自己想做的事情。不過其實現在也是這樣。沒道理只有我必須接受大家的狀況，我希望大家也能接受我的心情。所以我這次做了很多反擊。」

千穗正面凝視艾美拉達。

「雖然對艾美拉達小姐不好意思，但為了阿拉斯．拉瑪斯妹妹和艾契斯，以及我將來的目

標，我不會讓妳阻止真奧哥和遊佐小姐同居。」

「唔！」

「……相對地……我會好好接受艾美拉達小姐的心情。」

「什麼意思？是指會在高峰會上給我什麼方便嗎？」

「怎麼可能。但我會在近期找機會回報妳。因為要不是艾美拉達小姐和艾伯特在那時候下定決心放過真奧哥，我的人生一定會截然不同。」

千穗剛得知真奧等人的真相時。

來接惠美的艾美拉達和艾伯特，最後決定配合惠美擱置真奧和保留千穗記憶的判斷。

如果兩人當時沒有支持惠美的決定，千穗現在一定正過著和普通高中女生一樣的生活。

「……感覺那已經是好久以前的事情。」

「聽說長大後會覺得時間過得很快，原來真的是這樣。」

「別太囂張了。妳還未滿二十歲吧。」

艾美拉達像是失去幹勁般將身體靠在沙發上。

「……那麼，具體來說妳打算怎麼做？」

「其實不是什麼大不了的事情。我姑且有定期和天禰小姐聯絡，所以知道阿拉斯・拉瑪斯妹妹和艾契斯周圍那些人的狀況，我可以把他們的事情告訴妳。我的建議是，要不要考慮做一些我、鈴乃小姐、蘆屋先生和諾爾德先生都沒做過的事情？」

「……啊？」

艾美拉達困惑地皺起眉頭，千穗指著麥丹勞說道：

「只要告訴遊佐小姐妳反對她和真奧哥同居，並坦率將剛才告訴我的事情都說給她聽就行了。遊佐小姐和艾美拉達小姐之間的羈絆比和我的還要深吧，所以她不可能會不認真思考妳說的話。」

一小時後。

麥丹勞的燈光在接近晚上十二點時熄滅，千穗和艾美拉達一起走出肯特基。

「……真是的，為什麼我得陪妳做這種事？」

「因為晚上很危險。」

在能同時看見麥丹勞和肯特基的商店街某條小巷子的角落，千穗和沙利葉正在一起觀察艾美拉達的狀況。

在兩人這麼做的期間，真奧和惠美一起從店裡走了出來。

「……他們像是被偵探拍到外遇現場一樣慌張呢。」

真奧和惠美似乎因為艾美拉達出現在這裡嚇了一跳。

「……哼，艾米莉亞在拚命替同居找藉口呢。」

即使隔了一段距離，沙利葉似乎還是聽得見三人的對話。

「魔王與勇者居然同居，看來這世界要完了。」

「是啊。畢竟就連大天使都在和人類一起偷窺了呢。」

「……喂，佐佐木千穗。」

「什麼事？」

「我有聽到一些妳和艾美拉達．愛德華的對話，妳是認真的嗎？」

「什麼意思？」

「就是妳想替安特．伊蘇拉的當權者們進行調解的事情。」

「嗯，我是這麼打算的。」

「妳覺得這種事有可能嗎？妳不可能不知道人類群聚在一起後，會變得多愚蠢吧。」

「呃，我好歹是個考生，所以有好好念過世界史和政治經濟。」

「嗯？」

「雖然安特．伊蘇拉的人也對我有奇怪的誤解……但總覺得大家都誤以為我是要一個人完成這些事。」

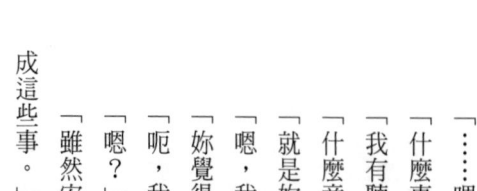

「不是嗎？根據我聽到的說法，這些都是妳和迪恩．德姆．烏魯斯在策劃的吧？」

「嗯，奶奶幫我做了許多準備工作……現在已經不是我一個人的力量，不如說實質上都是在依靠奶奶的力量。」

千穗稍微聳肩說道。

「就算高中女生大喊『請聽我的任性』，那些來自世界各地的大人物也不會聽吧。只要打贏戰爭就能賺很多錢。即使不是來自其他國家而是來自其他世界的少女要那些領導者住手，也不可能會有人照做。所以才會連艾美拉達小姐都說出那樣的話。」

「……」

沙利葉非常驚訝地看向千穗的側臉，而她正在窺探艾美拉達、惠美和真奧的狀況。

「……我本來沒打算說到這個地步……原來妳的想法這麼現實？」

「雖然直接的影響是來自鈴乃小姐，但真要說起來都是真奧哥的錯。」

「嗯嗯嗯？」

「總而言之……我不希望真奧哥和遊佐小姐只因為聽了艾美拉達小姐的說法就停止同居，應該說這樣我會很困擾。」

「雖然這種話不應該對妳說……但男女有些事無法用理論來說明。」

「的確。我完全沒想到木崎小姐居然會拜託沙利葉先生幫忙她創業。」

「……妳這傢伙。」

「但我明白喔。」

「啊？」

「心情上是不太明白。不過我可以肯定真奧哥和遊佐小姐，絕對不會做出艾美拉達小姐擔心的那種事。」

「妳為什麼這麼有把握？」

「這還用說嗎？」

千穗用沙利葉從來沒看過的高深莫測的笑容說道：

「如果他做得到這種事，就不會逃避我和鈴乃小姐了。」

「……？」

「啊。」

就在這時候。

艾美拉達不知何時已經非常消沉地回來了。

「失敗了嗎？」

「……哼。」

艾美拉達鬧彆扭似的吸了一下鼻子。

「沒關係～～……因為我讓魔王變得非常尷尬～～……所以這次就先放過他～～」

不知道艾美拉達說了什麼。

千穗看向沙利葉，但不曉得他是沒有聽還是不想說，總之他看起來沒打算告訴千穗任何事。

「千穗小姐～～我會恨妳喔～～」

「嗯。」

「這次正面衝突真是虧大了～～看來艾米莉亞把男人看得比友情還重要～～」

「真是的，妳別這麼說啦。」

千穗苦笑著抱住艾美拉達的肩膀。

「放心吧。遊佐小姐一定知道艾美拉達小姐比誰都關心她。」

「嗚嗚……妳這樣講～～不就顯得只有我一個人是心胸狹窄的女人嗎～～……」

艾美拉達靠在千穗的肩膀上哽咽。

「但妳是個比我坦率許多的好女人喔。」

「嗚嗚～～……」

「我可以回去了嗎？」

沙利葉毫不掩飾自己的尷尬，說出像漆原會說的話，但千穗輕撫著艾美拉達的背，同時轉

向沙利葉愧疚地搖頭：

「不好意思，可以再稍微陪我一下嗎？」

「……還沒結束嗎？」

「嗯。」

千穗點頭後，抬起艾美拉達的臉。

「遊佐小姐應該沒告訴妳，但我想讓妳看一下真奧哥和遊佐小姐無法解除同居的另一個原因。」

真奧和惠美並肩走在甲州街道上，前往笹塚站。

千穗、艾美拉達和沙利葉光明正大地跟在兩人後面。

但別說是真奧了，就連偶爾擦身而過的路人都完全沒看千穗他們。

這是因為沙利葉展開了次元位相結界，所以沒有人看得見他們三個人。

話雖如此，現在已經將近十二點。

明明開往永福町的最後一班車就快開了，真奧和惠美仍悠閒地用走的。

「……唉，考慮到還可以去魔王的公寓，就算不回艾米莉亞家也沒關係吧。」

沙利葉擅自這樣解釋，但千穗搖頭回答：

「……才不是這樣。他們是不想待在像電車那樣無法躲避別人目光的環境。因為已經獲得店長和其他人的理解，所以在麥丹勞還沒什麼關係，但要是在電車內出了什麼事，會沒辦法蒙混過去。」

「蒙混……這是怎麼回事～～？」

面對艾美拉達的疑問，千穗指向走在前面的兩人代替回應。

「雖然不是一定會發生……啊。」

「啊？」

就在千穗驚訝地看向自己的手時，艾美拉達也同時發出慘叫。

原本走在路上的惠美，突然把真奧拉進小巷子裡。

「那、那、那兩人在那種地方做什麼！」

因為事情實在發生得太突然，艾美拉達差點衝出結界，但千穗出手阻止了她。

「請等一下！那就是兩人無法停止同居的另一個原因！」

千穗用來抓住艾美拉達披風的右手無名指，戴著一只鑲了紫色寶石的戒指，那只戒指正發出微弱的光芒。

「……喂，那是怎麼回事？」

下一個瞬間，真奧和惠美衝進去的巷子裡發出紫色的閃光，然後——

「……那、那是……千、千穗小姐。」

「……要是在電車裡發生那種事，會很不妙吧？雖然她之前好像就偶爾會違背遊佐小姐的意志，但最近這種狀況特別多。這是我從天禰小姐和遊佐小姐那裡聽來的。」

第一個走出小巷子的人，既不是真奧也不是惠美。

那人的身高大概到惠美的肩膀。

淡黃色的連身裙。

銀河般的銀色秀髮，以及一撮紫色的前髮。

「那該不會……該不會是阿拉斯・拉瑪斯吧？」

那張令人覺得難以捉摸的臉龐，並非平常活潑可愛的幼兒。

無論外表或體格，所有的一切都成長到和艾契斯差不多的年齡。

但距離艾美拉達上次見到阿拉斯・拉瑪斯，還不到一個月的時間。

這不管怎麼想都不是正常的成長速度。

「是受到『家人』的影響嗎？」

「阿拉斯・拉瑪斯妹妹在他們同居的第二天睡過頭，而真奧哥在她起床前就去上班了。阿拉斯・拉瑪斯妹妹就是在那天一口氣成長。我也是在那天第一次從遊佐小姐那裡收到他們開始同居的聯絡。」

「該、該不會……」

「他們今天應該會直接搭計程車吧。用那個樣子和真奧哥與遊佐小姐一起過三十分鐘後，阿拉斯．拉瑪斯妹妹就會突然恢復融合狀態，之後就會變回原本的模樣。」

「……妳怎麼知道？」

「因為之前發生過……我也沒有一直陪在他們身邊，所以不曉得詳情，但據說光是真奧哥和惠美小姐在超市分開行動，阿拉斯．拉瑪斯妹妹就可能會擅自跑出來。」

「……艾米莉亞和阿拉斯．拉瑪斯的力量明明是用來滅神的最終武器，這樣不是完全無法控制嗎？」

「嗯……是這樣嗎？」

相較於千穗猶豫的態度，艾美拉達和沙利葉都對阿拉斯．拉瑪斯明顯和之前不同的舉動感到驚訝。

「既然艾契斯會長大，阿拉斯．拉瑪斯妹妹當然也會成長，但對照志波小姐他們的例子，這不管怎麼想都是異常狀況。就像艾契斯一天會吃好幾百個飯糰一樣，阿拉斯．拉瑪斯妹妹是一天會成長好幾歲。如果這就是質點失控的症狀……」

「……」

「我們是為了取回阿拉斯．拉瑪斯妹妹的笑容才會發動滅神之戰，但如果她出了什麼事，我們現在做的一切都會白費，真奧哥和遊佐小姐也不會繼續在意安特．伊蘇拉的和平。所以……現在絕對不能刺激那些孩子。如果高峰會失敗，讓質點之子們遭遇不幸……」

艾美拉達嚥了一下口水，沙利葉也難得認真等待千穗的下一句話。

「安特．伊蘇拉一定會發生嚴重的糧食危機。」

「『啊？』」

「因為……誰也不能保證前陣子的狀況就是艾契斯異常食量的極限。就算她後來巨大化，變成吃光全世界糧食的怪物，也不是完全不可能吧？」

千穗認真地說完後，艾美拉達總算恢復笑容。

「可怕的是，這聽起來不像在開玩笑呢。」

「因為我是認真的……啊。」

在三人對話的期間，阿拉斯．拉瑪斯又再次出現異變。

真奧和惠美合力將全身散發微弱光芒的阿拉斯．拉瑪斯拖到巷子裡，過了約三十秒後，惠美才抱著變回小女孩的阿拉斯．拉瑪斯，和疲憊的真奧一起走出來。

「如果剛才的樣子被警察看見，會造成誤會吧？」

「所以他們才很辛苦吧……啊，計程車停下來了。」

因為看真奧快受不了了，惠美攔下一輛計程車。

讓真奧先上車後，惠美也跟著搭上車回家，三人看著這幅場景，各自點頭說道：

「你們……想做什麼都行，但可別干擾到我的店和生活啊。」

「我只能答應你會盡力而為。」

「不過……幸好今天有來找千穗小姐……看來硬跑這趟是值得的～」

沙利葉警戒著周圍的視線，解除次元位相結界後，就輕輕揮手踏上歸途，艾美拉達也背著千穗飛上天空。

「沙利葉先生！謝謝你今天陪我們！」

「我們先走囉～～！」

看著兩人大喊完後離開，沙利葉聳肩說道：

「叫這麼大聲，要是被人發現怎麼辦。」

但他臉上的表情一反常態地顯得天真又柔和。

「我、我說啊，艾美拉達小姐。」

「嗯～～？」

「既然妳都拉著剛上完補習班的我在外面跑了一圈，應該可以換我說一說願望了吧？」

「……感覺欠了一筆很貴的人情～～」

艾美拉達苦笑著說道，之後千穗在她耳朵旁邊講了一些悄悄話。

儘管就快到千穗家了，但艾美拉達在這段期間一直用像是看見了什麼令人難以置信的東西般的眼神，反覆回頭看向千穗。

「看前面啦。」

「千、千穗小姐，妳腦袋還正常嗎～～」

「正常啦。正常到連我自己都很驚訝。雖然很不可思議，但這都是因為鈴乃小姐。」

「啊……是因為貝爾小姐……對魔王做的那件事吧～～？」

「嗯。其實有一部分也是因為這樣，我才會希望真奧哥和遊佐小姐能再維持現狀一段時間。」

「……妳真是個壞女人～～」

「我已經從『小千』畢業了。」

降落在玄關後，千穗將手扠在腰上，轉頭看向艾美拉達。

不知為何，雖然令人難以置信，但艾美拉達一時將這個體格和自己差不多的異世界少女誤看成一個巨人。

千穗的身體和表情，就是如此充滿霸氣。

「艾美拉達小姐，我會實現給妳看。沒有戰鬥能力，也沒有社會經驗的高中女生，會打造出一個人類和惡魔都不用犧牲的安特·伊蘇拉給妳看。所以……」

不曉得自己有沒有能力前往那道笑容所在的地方。

艾美拉達瞬間如此自問，但立刻得出答案。

不可能。

即使兩人交換立場，艾美拉達也不認為自己辦得到。

但聽完剛才的計畫後，艾美拉達覺得如果是千穗就能成功。

「所以艾美拉達小姐，只要在妳知道的範圍內就行了，請妳幫里德姆奶奶從其他角度過濾情報再告訴她。今天不會讓妳睡覺喔。」

「……熬夜對身體不好喔～？」

「我還未滿二十歲，所以這點程度沒關係啦。」

「……妳真的變成了一個壞女人～～」

艾美拉達這句像諷刺又像稱讚的話，讓千穗露出燦爛的笑容。

「因為我有被大家鍛鍊過。」

※

將熟睡的阿拉斯・拉瑪斯抱到床上後，惠美也疲憊地跪倒在地。

「喂，妳還好吧？」

真奧姑且試著叫她一下，但惠美將臉趴在床上，只稍微轉動了一下脖子沒有回答。

「……嗯。」

真奧也沒再繼續說下去。

光是下班後遇見艾美拉達就已經夠讓人驚訝了，艾美拉達還碰觸到對真奧和惠美來說都很敏感的部分，強硬地反對兩人同居。

仔細想想，真奧完全不清楚惠美同伴們的過去。

對於艾美拉達和艾伯特，真奧只大略知道他們的出身，也覺得不需要更進一步的情報。

話雖如此，被人說到那個份上，站在真奧的立場也沒辦法說些什麼，惠美應該也很困惑吧。

真奧原本不覺得艾美拉達是會在這種時候以自己的私情為優先的類型，這表示惠美這個人在她心裡就是占了這麼大的分量吧。

最近惠美和諾爾德什麼都沒說，再加上鈴乃又是那個樣子，所以真奧自己也忘了，這次的事情讓他久違地想起自己對安特．伊蘇拉的人類來說，是多麼令人痛恨的存在。

「……這樣不太好。真的不太好。」

真奧最近覺得自己周圍多了許多理解者。

迪恩．德姆．烏魯斯是如此，盧馬克也是如此，有一定地位的人即使無法原諒，還是會將真奧的所作所為當成過去的事情接受，這或許讓他把一些事情看得太簡單了。

「仔細想想……這也是理所當然。」

真奧看著沒開燈就趴在寢室內的惠美，以及在她前面悠哉熟睡的阿拉斯．拉瑪斯，用力抿緊嘴唇。

雖然現在才檢討也太晚了，但只要回想起與加百列敵對時，在阿拉斯．拉瑪斯消失的那幾天變成一具空殼的自己，真奧反倒覺得奇怪為什麼之前會傲慢到認為艾美拉達他們能夠接受自己。

「……肚子好餓。」

真奧走進已經差不多習慣的惠美家廚房，只打開流理臺旁邊的燈就開啟冰箱。

「不曉得那個吃完了沒。」

他稍微確認了一下冰箱，但沒找到想找的東西。

「嗯？」

「……你該不會在找玉米吧？」

「咦？」

「你在找昨天外帶回來的幸福兒童餐剩下的玉米吧。」

眼眶底下稍微浮現出黑眼圈的惠美，整理著好像已經睡了一整晚的亂髮走出寢室。

由於寢室和客廳都沒有開燈，真奧看不清楚惠美的表情。

「對不起。我早上拿去做阿拉斯．拉瑪斯的早餐了。」

這麼說來，早餐好像有兩片加了玉米的煎蛋捲。

「啊，原來是用在那裡了。」

「我原本也有買，但量比預期的還少。你肚子餓了吧。不介意的話，冷凍庫裡有可以微波的炒飯，你就吃那個吧。」

「嗯，不好意思。」

「我先去洗澡了。」

惠美說完後，就低著頭穿過客廳。

「……」

真奧感覺到一股難以形容的尷尬，但還是從餐具櫃裡拿出盤子，從冷凍庫裡拿出寫著冷凍蝦仁炒飯家庭號的袋子，將東西倒在盤子上包一層保鮮膜，微波兩分半鐘加熱。

微波爐持續發出運轉聲，真奧站在微波爐前一動也不動。

然後，他在時間顯示兩分二十九秒的瞬間按下取消鍵，打開蓋子拿出炒飯。

這臺微波爐的性能似乎比鈴乃以前用的那臺還要好，微波完成時的通知聲響得特別久。

真奧曾經因為這樣吵醒阿拉斯·拉瑪斯，被惠美狠狠罵了一頓。

「唉。」

真奧提不起勁開客廳的燈，邋遢地彎著腰在廚房流理臺前面吃冷凍炒飯。

「喔，還滿好吃的。」

惠美意外地經常使用即食食品和冷凍食品。

雖然真奧對這點沒什麼意見，但蘆屋和鈴乃平常很少用這些東西，讓他覺得有很多冷凍食品的餐桌也滿新鮮的。

兩人已經同居了一個多禮拜。

三餐基本上都是由惠美準備。

實際上惠美的廚藝確實不錯，因為真奧被吩咐過沒必要就別碰食材和調理器具，所以他至今都是把這些事交給惠美處理。

「……呼。」

即使微波後量看起來就少了很多，但還是能稍微填飽肚子。

「……」

真奧洗完用過的盤子和湯匙並放到瀝水籃裡後，自然地坐到客廳的沙發上。

偶爾會從浴室那裡傳來惠美沖澡的聲音，或是從反方向的寢室傳來阿拉斯．拉瑪斯翻身的聲音與說夢話的聲音。

「……真安靜……？」

就在這時候，從寢室那裡傳來一道有點沉悶的聲音。

真奧迅速起身，然後發現原本睡在床上的阿拉斯．拉瑪斯移動到惠美鋪的地鋪上，在陰暗的房間內微微睜開眼睛環視周圍。

她一發現真奧，就開始大哭。

「把爸……！嗚哇啊啊啊……」

「啊啊啊啊，該不會是從床上掉下來了？」

真奧走進寢室，抱起將雙手伸向他的阿拉斯．拉瑪斯。

「嗚哇啊啊啊啊……好痛喔喔喔……」

「好乖好乖，妳嚇到了吧。」

「嗚哇啊啊啊啊……」

聽著在耳邊縈繞的哭聲，真奧將阿拉斯．拉瑪斯抱回床上後，也跟著躺到她旁邊。

從床上掉下來嚇一跳的阿拉斯．拉瑪斯緊緊抱住真奧的脖子哽咽，但過了五分鐘後就再次睡著了。

真奧輕輕動了一下身體，阿拉斯．拉瑪斯就反射性地抱緊他，該不會腦袋還醒著吧。

雖然看來暫時無法離開，但真奧也累了，這樣下去或許會抱著阿拉斯．拉瑪斯睡著。

「……沒事吧？」

此時，惠美從寢室入口發出的呼喚聲，喚醒了真奧。

「……她好像掉下床了。現在已經冷靜下來了。」

「這樣啊……謝謝。」

「妳可以再去洗一下澡，這樣無法消除疲勞吧。」

因為被阿拉斯．拉瑪斯抱著，所以真奧無法轉頭，但從時間上來推斷，惠美應該是一聽見哭聲就慌張地衝出浴室。

「不用，我習慣了。我去吹一下頭髮。」

「嗯。」

惠美的氣息離開後，過不久浴室那裡就傳來吹風機的聲音。

在惠美吹頭髮的期間，阿拉斯．拉瑪斯已經陷入熟睡，放鬆抱住真奧的力道，讓他能夠緩

緩起身。

真奧直接前往浴室，敲了一下門。

「啊，已經沒事了嗎？」

「嗯。她睡著了。」

惠美只探出頭確認，真奧也用點頭回應。

「她經常掉下床嗎？」

「咦？什麼？」

惠美似乎因為吹風機的聲音聽不清楚，所以把門完全打開。

「呃，我來這裡後第一次看見她掉下床，不能讓她一起睡地板嗎？」

「我一開始是這麼做沒錯。」

按照惠美的說法，一開始因為擔心阿拉斯．拉瑪斯會掉下床，所以惠美幫她鋪了棉被，但阿拉斯．拉瑪斯只要睡在地上就會到處亂滾。

「夏天是還好，但冬天這樣會感冒吧。只要讓她睡床上並蓋好棉被，就會經常在床緣停下來。」

「那讓她在融合狀態下睡呢……」

「你也有跟艾契斯融合過，所以應該能夠理解吧。正常被她吵醒，和她突然在腦中大哭，對剛睡醒的心臟造成的負擔差很多。你要洗澡嗎？」

「啊……說得也是。雖然很懶，但早上洗也很麻煩。」

真奧一等惠美吹完頭髮出去後，隨即拿著自己的內衣和睡衣走進更衣間，現在他已經習慣在惠美家沖澡。

他不會再搞錯洗髮精和沐浴乳，也完美地學會怎麼使用瓦斯熱水器。

真奧快速沖完澡吹乾頭髮，刷好牙後就回到房間，這時候惠美已經在寢室裡了。

「妳刷牙了嗎？」

「洗澡前就刷了。」

「這樣啊。」

在交談的期間，真奧和惠美背對背躺在床墊上。

「男人真好，頭髮一下就吹乾了。」

惠美如此說道。

對真奧來說，這本來就是很正常的事情，所以他也理所當然似的回答：

「剪短不就好了。」

「……」

兩人之間沉默了一段時間。

「別講得這麼簡單。你知道要花幾年才能留這麼長嗎？」

「我實在不懂女人在這方面的想法。」

兩人在關燈後的寢室聊了一會兒無關緊要的話題。

然後在經歷了一段沉默後，惠美輕聲問道：

「……你睡了嗎？」

「……本來快睡著了。」

「啊，對不起……」

「沒關係啦。什麼事？」

「……」

「喂，是妳先向我搭話的吧。」

「很難以啟齒啦。」

「是艾美拉達的事嗎？」

「嗯……是啊。沒想到艾美居然會說那樣的話……」

「妳不需要為這種事情煩惱吧。我被她那樣講也是應該的，而且她也不認為妳真的原諒我了。」

「……」

「只是就算這樣，她還是無法忍受，所以才來大吐苦水。不好意思，身為她的怨恨對象，我也沒辦法替妳做什麼……硬要說的話。」

「魔王？」

儘管沒有事先說好，但兩人自同居以來都一直是背對背睡。

不過真奧在這時候轉身面對惠美。

惠美察覺真奧的動作後，也跟著轉成仰躺，只將臉轉向他。

「如果妳想以朋友的心情為優先……我其實也做好了覺悟。」

「……」

即使惠美的眼睛已經習慣黑暗，還是無法從真奧的表情看出他的真意。

但可以確定他說這些話是認真的。

「喂、喂。」

不知為何，惠美一看見那樣的真奧，就露出彷彿快要哭出來的表情。

真奧因此感到慌張，但惠美立刻別過臉轉向床的方向。

「你和艾美都太狡猾了。」

「嗯？」

「……我現在根本就沒辦法選吧。」

不曉得惠美的心裡究竟是經歷了多少的糾葛，才變得能夠對真奧說出這句話。

真奧實在無法想像，也覺得不該想像。

「艾美拉達那傢伙居然說出那麼不得了的話，問妳要選友情還是男人真是太經典了。」

「別說蠢話了。艾美意外地也不怎麼了解我呢。」

「這種事不就是這樣嗎？關於別人的事情，大部分都是似懂非懂吧。」

「那只是一般情況吧。不過她真的不了解我呢。因為……」

惠美刻意用力縮緊身子。

她輕輕吐出一口微弱的氣息，同時開口說道：

「不管出什麼差錯，我都不可能會喜歡上你吧。」

對此，真奧的回答也一如往常地簡單。

「就算是開玩笑也不能接受。」

「阿拉斯．拉瑪斯也在，講話小心一點。」

「妳有資格說我嗎？」

真奧苦笑道，然後恢復原本的姿勢。

「明天我久違地休假。我會負責照顧阿拉斯．拉瑪斯，不好意思，來店裡的那些笨蛋就交給妳了。」

「……嗯。」

「那就這樣，晚安。」

「……晚安。」

在那之後，真奧又稍微扭動了一下身體，但接著就突然感覺不到他醒著，沒多久就從他那裡傳來規律的呼吸聲。

惠美縮著身子，難以入眠。

艾美拉達的事、真奧的事、這個同居的狀況、阿拉斯．拉瑪斯的事和安特．伊蘇拉的事，每一樣都前途難料，無法靠自己的力量突破狀況，讓惠美想自暴自棄地大喊。

「不行，睡不著。」

惠美下定決心起身，看向兩側睡得一臉幸福的兩人。

不曉得為什麼，他們的睡姿完全一樣。

「……這是怎樣，太狡猾了。」

惠美並不覺得真奧對養育阿拉斯．拉瑪斯完全沒有貢獻。

儘管對不自覺地傷害到艾美拉達這點感到懊悔，但這也是不得已的選擇。

即使如此，像這樣看見他們默默展現出無形的羈絆，還是讓惠美感到難以釋懷。

不曉得是因為惠美對真奧抱持著根本的排斥。

還是本能地對兩人最近變得比以前親密這點感到不自然。

「嗯～」

可以確定的是，心裡的各種感情都變得比以前混亂。

還是承認吧。

與其說是魔王撒旦，不如說自己無疑已經認同了真奧貞夫這個男性，說不定自己對他抱持的親近感已經強烈到能夠自然接受同居的事實，只是覺得自己有義務要質疑這個狀況。

但即使不考慮這點，自己現在也明顯覺得無法接受。

就算必須背棄曾經命運與共的好友心情，也要讓這個「家庭」成立，要惠美做到這個地步，感覺還差了臨門一腳。

就在這個瞬間。

「……媽媽。」

「……妳……又醒了嗎？」

「嗯……廁所……」

床上的「女孩」突然起身。

不是幼兒。

阿拉斯·拉瑪斯的外表年齡變得和伊洛恩差不多。

她平常晚上要包尿布。

也會正常地尿床。

但因為身體瞬間「成長」到小學中年級生的程度，讓她因為想上廁所時的感覺不同而醒來。

「媽媽……一起去。」

「……好啊，一起去吧。」

阿拉斯．拉瑪斯從以前就經常在半夜醒來。

剛開始一起住時，她有一段時期半夜哭鬧得很嚴重，就算沒有哭鬧，她也可能會每隔三個小時就大聲叫醒惠美一次。

不過自從開始和真奧同居後，阿拉斯．拉瑪斯幾乎每天都會像這樣在凌晨兩點醒來一次，每次她的身體都會隨機成長。

變得最大的情況，就是像今天回家時那樣變得和國中生差不多。

而之前甚至有一次反過來變得比平常還小。

其他時候通常都是變得和伊洛恩差不多，所以惠美也幾乎習慣了。

在習慣的同時，惠美也難以避免地感覺到「期限」正在逼近。

「來，一起睡吧。」

「……嗯。」

惠美將手放在阿拉斯・拉瑪斯比平常還高的背上，前往寢室。

「……阿拉斯・拉瑪斯。」

「什麼事？」

惠美看著這次不用她抱就自己躺到床上的女兒，輕輕微笑。

「晚安。」

「……嗯，晚安，媽媽。」

伴隨著放心的呼吸聲，那張稍微提早成長的臉逐漸恢復平常的姿態。

「看過這樣的景象後……」

想見證她的未來。

見證她真正的成長。

這不就是父母極為自然的本性嗎？

「……呵呵。」

惠美輕撫著阿拉斯・拉瑪斯的頭髮，將臉轉向旁邊。

眼前是真奧痴呆的睡臉。

「感覺就能了解了。」

不足的事物。

一直卡在心裡的東西。

這場扮家家酒不自然的地方。

「這麼說來，我有一次曾經半開玩笑地跟他提過那件事。」

惠美起身，從客廳書架裡拿出一本筆記。

塑膠封面的大筆記本，看起來非常厚。

「如果想成為『一家人』，有一樣東西是絕對不可或缺的，沒錯吧，爸爸？」

明明這時候不可能聽得見惠美的聲音，真奧不知為何仍在寢室內發出痛苦的呻吟聲。

※

隔天早上。

真奧久違地在Villa・Rosa笹塚二〇一號室度過。

迎著從窗戶吹進來的風，阿拉斯・拉瑪斯正在睡午覺。

她身上蓋著真奧之前和惠美一起去買的外宿棉被組。

「做了對不起她的事情呢。」

真奧看向一個小相框。

照片裡是阿拉斯・拉瑪斯剛開始和惠美融合那時期的模樣。

那張照片是去年入夏之後拍的。

上面的愛女，和正舉著雙手在眼前睡覺的阿拉斯・拉瑪斯……

「為什麼會沒發現呢？這種事明明不可能發生。」

完全一模一樣。

阿拉斯・拉瑪斯以嬰幼兒的模樣過了一年。

照理說過了一年後，她的外表、身高和體格都應該要有很大的變化。

然而真奧印象中的阿拉斯・拉瑪斯，一直都和「平常一樣」。

「妳想長大吧。為了繼續前進。」

強烈反映出世界靈魂面的「人類」。

真奧擅自將阿拉斯・拉瑪斯和艾契斯的「失控」，解釋為對想讓世界停滯的人們的抗議。

此時，有人打開了玄關的門。

「魔王大人，我回來晚了。」

「喔，不好意思在你正忙時找你。」

蘆屋提著超市的袋子走了進來。

「感覺好久沒看見你這個樣子了。」

「我聽說利比科古那傢伙做的料理都很偏頗，所以想趁這次回來做幾道菜，放著給他參考。」

正忙著替惡魔與人類建立關係的蘆屋，當然是因為有很重要的理由才會回到日本。

真奧為了一件重大的事情直接將他叫回來。

「我沒什麼時間，可以邊煮邊聽嗎？」

「嗯，沒關係。一下就講完了。只是因為必須當面跟你說，才會要你在百忙之中抽空回來一趟。」

「畢竟我是魔王大人的部下。」

蘆屋說完後，拿出熟悉的圍裙站在廚房。

「啊……總覺得好讓人平靜。」

「是嗎？」

「有種回到家的感覺。」

「這種話請在安特．伊蘇拉的魔王城說。」

就連蘆屋抱怨時的冷淡語氣，都讓現在的真奧覺得難能可貴。

「關於高峰會的事，你和小千進行得還順利嗎？」

「雖然是祕密進行，但幾乎所有成員都已經抵達諾斯．夸塔斯了。對貝爾、賽凡提斯和艾美拉達他們來說，這件事意外地困難。畢竟他們要瞞過的眼線太多了。」

「嗯……爬到一定的地位後，就連放假時有沒有在休息都會被人關注呢，真是辛苦。」

「好像就是這樣。魔王大人過得好嗎？與艾米莉亞同居，應該會累積不少精神疲勞吧。」

「……我姑且確認一下，天禰小姐應該沒有亂說話吧。」

「包含艾契斯暴飲暴食的事情在內，我只有從她那裡收到最低限度的情報。只要說是為了阿拉斯．拉瑪斯，我就無法強硬地反對，畢竟兩位『基礎』之子的狀態也直接關係到滅神之戰的許多問題……」

「我本來也以為周圍的人會更加反對。」

「事情已經過了那樣的階段吧？」

「到底要到哪個階段，魔王和勇者才會一起同居啊。」

「不知道。」

蘆屋在談話期間也俐落地準備料理。

「呃～我想跟你商量的事情有兩件，一件是小千的事情。」

「是的。」

「關於這件事，我也想早點和惠美與鈴乃商量，在攻打天界之前，大家先一起去找千穗的媽媽，向她道個歉如何。」

「……嗯，原來如此。」

蘆屋嚴肅地點頭。

「的確，我也覺得有必要這麼做。前陣子佐佐木小姐的母親拜訪魔王城時，我也沒什麼時間帶她參觀，最後是拜託別人幫忙……」

「我們必須六個人一起去道歉吧。畢竟難保滅神之戰結束後，我們所有人都還會健在。」

「您說的沒錯。若佐佐木小姐的父親也打算同席，您打算怎麼辦？」

「到時候再說吧。我打算完全按照小千媽媽的意思處理。而且其實我對小千的爸爸也有所虧欠。」

「那是什麼時候發生的事情？」

「其實你也是當事人，只是你不知道而已。唉，畢竟小千的爸爸是警察。視情況而定，或許房東太太他們會很囉唆，這關係到魔王軍的信用問題，必須正式向他們道歉才行。」

「漆原怎麼辦，他沒有正式服裝吧。」

「……總之替他準備一下吧。這是心態的問題。」

「嗯，這件事我明白了。我會將這件事排入行程。那麼，另一件事情是什麼？」

「嗯……我有樣東西想讓你看一下，等你忙到一個段落再看吧。」

真奧手裡拿著一疊影印紙，讓蘆屋困惑不已。

雖然有點在意真奧無力的眼神，但蘆屋還是先把要煮的東西放到鍋子裡轉小火後，才稍微洗一下手坐到真奧前面。

「看之前先給你一個忠告。」

「咦？」

真奧像是要蘆屋重新做好心理準備般說道。

「……別叫得太大聲。阿拉斯·拉瑪斯剛睡著。」

「嗯……那麼。」

即使變得更加疑惑，蘆屋還是拿起那疊看起來有十幾張的紙，先看了第一張。

下一個瞬間——

「…………唔唔！！！」

蘆屋瞬間停止呼吸，全身痙攣，臉色也變得蒼白。

「唔！」

每翻閱一張紙，蘆屋的臉色就像紅綠燈或鏡球那樣不斷變化，等看到最後一張時，他已經眼睛充血，彷彿隨時會爆發。

「魔、魔、魔、魔王大人，這、這、這、這是……這是！」

「嗯，很不妙對吧。」

相對於蘆屋，真奧是表情和聲音都很索然無味。

「這已經超過不妙的程度！」

「你太大聲了。」

「怎、怎麼能夠允許如此不講理的事情…………！」

「唉……也不到不講理吧……我還算能接受喔。畢竟真的是這樣吧？」

「呃，可是……為什麼是現在……再怎麼說，我們接下來都要面對共同的敵人，居、居然做出這種像是從同伴背後開槍的行為……！」

「哎呀～仔細想想……她好像本來就偶爾會提起這件事……只是考慮到我們之間的關係，我通常都裝作沒聽見，對方看起來也沒有很認真……不過，一旦像這樣條列出來……」

「有、有證據嗎？說不定是捏造的……」

「我覺得毫無破綻喔？因為沒關係的東西都已經被排除了。」

「怎……怎麼可能……！這、這種事情！」

「知道為什麼叫你回來了吧？我想聽聽你這個得力助手兼二〇一號室總管的意見……」

「…………不可能。」

「啊？」

「不可能。」

蘆屋說這句話時的聲音，簡直就是悲痛至極的模範。

「我們……不可能有辦法賴帳。」

聽見蘆屋充滿苦悶的回答後，真奧無力地癱倒在榻榻米上。

他一將臉轉向旁邊，就看見阿拉斯・拉瑪斯平穩的睡臉。

「果然是這樣啊。現在的狀況根本不允許我們那麼做。」

「如果……不承認這筆債務……不只是安特・伊蘇拉，就連日本的那些人都會成為我們的敵人……唔，可惡……」

蘆屋用力握爛那疊影印紙。

「喂喂喂。」

「可惡的艾米莉亞……居然趁我不在……做出這種混帳事啊啊啊啊啊！」

「就叫你別太大聲了。」

真奧從蘆屋手裡拿回那疊變得皺巴巴的紙。

在第一張紙上有惠美的親筆字跡，上面寫著：

『養育費請款單。』

剩下的紙則是條列出惠美從去年開始收養阿拉斯・拉瑪斯後，支出的所有和養育阿拉斯・

拉瑪斯有關的費用。

餐費和服飾費當然不用說，雖然比例不高，但居然連Urban・Heights'永福町的租金都算進去了。

請求金額是阿拉斯・拉瑪斯的所有養育費用的一半。

總共是二十八萬三千五百三十八圓。

『我說孩子的爸？如果要和阿拉斯・拉瑪斯成為一家人，我覺得我們的生活還缺少一樣東西。』

惠美在吃早餐時突然說出這句詭異的話。

真奧從她的語氣和表情感覺到一股難以言喻的惡寒，並在看了她拿出的文件後，失去了大約五分鐘的意識。

等真奧恢復意識後，他反射性地想要抗議。

但惠美接著拿出開始和阿拉斯・拉瑪斯生活後記錄的帳簿與保留的收據，並說明她只有針對花在阿拉斯・拉瑪斯身上的費用請款。

『好比說玩具，我自己想買給她的放鬆熊商品都沒有計算在內。出去玩時的那些比較貴的餐費也一樣。即使如此，衣服、消耗品、餐費和電費都還是要花不少錢。』

電費和租金等經常性費用，都是以四分之一計算，但夏天必須吹冷氣的時期和冬天的暖氣費，都是用二分之一計算。

『這些費用的總金額是五十六萬七千零七十六圓，但我也是她的母親，而且她也有必須和我同居的理由，所以我會負擔一半的費用……不過。』

勇者在吃早餐時露出賢妻良母般的溫柔微笑，用和「進化聖劍．單翼（better half）」一樣銳利的話語貫穿魔王的心。

『錢也是家庭的其中一個現實面吧？』

聽完阿拉斯．拉瑪斯的父母早上對話的狀況後，蘆屋也變得像是燃燒殆盡般全身無力。

「不、不過……二十八萬圓實在太……！」

「惠美也沒有叫我一次付清。而且我在你回來前查過了，關於離婚後支付的小孩養育費，一般行情好像是一個月五萬圓左右。而且她還沒跟我們收利息，已經算是給我們很多便宜了。」

「別說是離婚了，根本連結婚事實都沒有吧！」

「現在才講這個也太晚了吧。而且你剛才也說過不能無視這筆帳吧。」

「是、是這樣沒錯……」

真奧要拒絕惠美的要求很簡單。

但就像他剛才說的那樣，惠美的請求既正當又沒有灌水。

不如說真奧非常佩服她能在如此節約的情況下持續滿足阿拉斯．拉瑪斯的需求。

所以如果拒絕她的要求，周圍的人就會懷疑真奧對阿拉斯．拉瑪斯的愛不夠，而且單純也會顯得他不值得信賴。

這裡所說的「周圍的人」，當然不只是千穗、鈴乃、天禰、志波、艾美拉達和艾伯特等和真奧與惠美關係親近的人。

還會惹最近才得知真相的木崎、岩城、川田、明子和志波一族不高興吧。

而如果現在惹千穗他們不高興，一定會讓立場原本就很惡劣的魔王軍和所有惡魔給人的印象變得更差。

萬一這件事傳進迪恩．德姆．烏魯斯或艾美拉達他們耳裡，不曉得高峰會上會怎麼被抨擊。

在最壞的情況下，可能會只有魔王撒旦背叛勇者艾米莉亞的事實被大肆宣傳，讓人覺得惡魔果然不能信任，招致統一蒼帝或拉吉德戰士長的背叛，一旦他們拉攏惡魔的計畫失敗，想拉攏天界勢力作為對抗策略的賽凡提斯也會離開吧。

這麼一來，即使千穗有迪恩．德姆．烏魯斯這個靠山，她本人依然是無力的女高中生。

沒有人會聽她的話，惡魔也會失去能夠扎根的地方，人類將會在中央大陸陷入戰亂，滅神之戰結束後只會留下讓人遺憾的結果。

「我也思考過了，但還是想要獲得你的追認，所以才找你回來。」

「這……這種事……唔喔喔喔……啊，糟了糟了。」

蘆屋流下男兒淚時，後面的鍋子開始冒泡，讓他急忙起身去關火。

「反過來講，只要我們答應支付這筆錢……或許能讓高峰會進展得更順利。蘆屋，希望你能諒解……我……打算接受她的要求。」

「…………我……我知道了。」

從蘆屋高大的背影，流露出遭到背叛的痛苦心情。

「魔王大人。」

「嗯……」

「……我……直到現在才知道。」

「嗯。」

蘆屋一臉憔悴地轉頭看向真奧。

「我們魔王軍……早在很久以前就敗給勇者了。」

「你真的是發現得太晚了。」

日幣二十八萬圓。

雖然這個金額確實不小，但也不到無法擬定計畫還錢的程度，有些二十幾歲的年輕人一個

月的薪水就差不多這些。

問題是現在的魔王城必須「在日本國內合法地」賺到這些錢。

絕對不能靠當初征服安特．伊蘇拉時掠奪到的物資償還。

過去曾敗給勇者艾米莉亞的兩位魔王軍幹部，這次真的被無法逃避的事實給逼到絕境。

「無路可逃了。」

「是啊……」

「如果逃避，我們這次將會失去一切。」

「是啊……」

「有時候就是要不惜犧牲才能絕處逢生，現在正是雌伏之時。」

「感覺我們已經雌伏很久了……」

「你一開始不也說過留得青山在，不怕沒柴燒。我們必須跨越這個困境。」

「……您說的沒錯……金錢……比聖劍還厲害……」

就在這個瞬間。

魔王撒旦與惡魔大元帥艾謝爾第一次真心承認自己敗給勇者艾米莉亞。

「總之我已經拜託過惠美，要她給我們一點時間準備。只要每個月都從薪水裡扣一些錢來還，現在的她應該能夠接受。你就趁這段期間努力撐過高峰會，讓統一蒼帝答應我們先行移民。」

「這、這有可能嗎？既然是由佐佐木小姐擔任議長，應該就會公平地進行審議……雖然我覺得不太可能，但魔王大人，您在與艾米莉亞同居時有做過會惹佐佐木小姐不高興的事情嗎……」

「唔……可能有。」

「又不是我的錯！」

「為什麼要挑在這時候做出那種事！」

「魔王大人剛才的表情明明就像是想到了什麼！」

「呃，那個，公平也沒什麼不好，你想想，大家都很忙吧。小千也不會特別和我們敵對，如果拖延太久，人類自己也會打起來。」

「這種不隱藏貪念的作法是下下之策！」

「不如說我和惠美都不曉得開高峰會的目的是什麼！那是你和小千的計畫吧！你應該有辦法稍微操控會議的走向吧？雖然說要再次攻打魔王城，但到頭來那到底是怎麼回事啊！原本的目的不是要減少人類和惡魔在滅神之戰中的犧牲嗎？」

「我們當然是按照這樣的走向在行動！雖然只要能成功拉攏到賽凡提斯，就能提升計畫的成功率，但包含我等魔王軍在內，之後還必須調整戰後的利益分配！不如說那才是主要的議題！」

「小、小千辦得到那種事嗎？該不會只是被那個老太婆給操縱了吧？」

「我、我有努力在避免那樣的情況發生，但對方一直不肯讓我與佐佐木小姐接觸……！」

「這表示你也無法控制小千吧！」

就在這時候。

在兩個惡魔進行低水準爭吵的期間，二〇一號室的門鈴響了。

那個聲音傳進寧靜的室內。

「不好意思，真奧哥，你在嗎？」

「小、小千……」

是千穗的聲音。

如果是千穗，應該在公共走廊聽見房間裡的聲音時就知道真奧在家。

「門、門沒有鎖。」

蘆屋勉強擠出這句話後，千穗就表現得像平日那樣——

「打擾了。」

用平常的表情走進房間。

「嗨、嗨，小千。」

「你好，真奧哥，蘆屋先生。」

「妳、妳好……」

「怎、怎麼了？小千……妳怎麼突然……」

真奧和蘆屋都從千穗身上感覺到一股奇妙的魄力。

不對，千穗看起來與平常沒什麼變化。

單純只是真奧和蘆屋心裡萌生了對千穗的敬畏感。

千穗最近做的那些事就是如此驚人。

「我有點事情想拜託你們。」

「拜、拜託我們？」

「嗯。是對滅神之戰也很重要的事情。安特．伊蘇拉已經有許多事物快要失控，我想先展開行動。」

這個高中女生到底在說什麼。

魔王與惡魔大元帥，完全輸給了剛滿十七歲的高中女生的魄力。

「我收到了里德姆奶奶的聯絡。盧馬克小姐和賽凡提斯先生的行程好像已經排好了，雖然有點倉促，但高峰會後天就要開始了。」

千穗講得像是急就章的運動隊伍立刻就要開始上場一樣輕鬆，筆直地看向真奧。

「真奧哥。」

「嗯、嗯。」

「我想讓你選一下。」

「選、選一下……」

該不會是要他現在從千穗和鈴乃之間做出選擇吧。

真奧腦中浮現出這樣的想像，但他必須面對的抉擇——

「以味噌湯的配料來說，你覺得蘿蔔和豆腐哪一個比較好？」

「………………啊？」

是這個過於神祕的二選一。

千穗對無法理解這個問題的真奧露出微笑。

「真奧哥的選擇會左右高峰會和安特．伊蘇拉的未來。所以……要認真選喔？」

高中女生，轉動世界

在惡魔之王被高中女生問喜歡什麼樣的味噌湯配料後，又過了三天。

◇

那聲巨響撼動大氣，讓人們心驚膽跳。

那直衝天際的威容，足以讓人認識到自己的無力。

但有一個人傲然面對巨大化的古代惡魔。

「哎呀，像這樣親眼看見他動起來的樣子……唔喔？」

「戰士長！您太靠近了！」

瓦修拉馬的戰士長，拉吉德．拉茲．萊昂對慘叫的部下笑道：

「你在說什麼啊！這可是一生難得一見的景象！當然要站近一點看喔喔喔喔喔？」

「給我多替被迫配合你瘋狂行為的人想想啊啊啊啊！」

龍的威勢襲擊中央大陸的中心。

沉睡的巨龍基納納甦醒後，為了尋求諾統開始大鬧。

拉吉德說著孩子氣的話，在大鬧的基納納腳邊附近閒晃，他可憐的部下和艾伯特則是辛苦地保護他的安全。

『×××！』

「那好像是魔界的語言！他在說什麼！」

「誰知道痴呆的蜥蜴在說什麼啊！真是的，那些馬勒布朗契要準備到什麼時候！」

從魔王城往南走半天後抵達的地方。

就是「從沙薩．夸塔斯出發的五大陸聯合騎士團」的決戰地點。

「你就不打算稍微取悅一下我們嗎？我們可是配合了你們的策略喔！」

「我才沒義務賭上性命奉陪大人物的瘋狂行為！」

不顧部下的阻止，立刻就想跑到基納納腳邊的王，讓艾伯特感到十分厭煩。

「那些馬勒布朗契打算做什麼？雖然我們也曾經以鮮血為代價得知他們是幻影魔術的高手，但他們打算怎麼用那個魔術制伏這隻蜥蜴？」

「主要就是用那個莫名其妙的魔術做各種事啦！他們種族內每個人擅長的招式都不同！法雷那傢伙、西里亞特和利比科古的部下長相都微妙地不同啦啊啊啊啊啊啊？」

基納納張開嘴巴，朝邊叫邊逃的艾伯特和拉吉德發射魔力波。

「真是深不可測！」

「現在是高興的時候嗎？真的得和這種傢伙戰鬥一個星期嗎？」

就在艾伯特早早就開始抱怨的時候。

「艾伯！拉吉德戰士長！快退下！西里亞特他們準備好了！」

惠美下達的指示，讓拉吉德遺憾地與基納納拉開距離。

瓦修拉馬的戰士們也開始各自朝不同的方向逃竄，反覆隨機挑對象攻擊的基納納的視線瞬間猶豫了一下。

趁這個機會——

「唔喔？」

拉吉德被充滿周圍的魔力量震撼，輕喊了一聲。

遠比基納納放射的魔力還要纏人，讓人類感到不快的魔力出現在巨龍的腳邊。

「艾伯特先生！拉吉德戰士長！快退下！」

惠美率領的那些身穿大法神教會法衣的法術師們配合放射出來的魔力，阻擋在瓦修拉馬的戰士們與魔力之間，展開聖法氣結界。

「西里亞特！可以了！」

確認現場所有人類都已經受到保護後，惠美再次下達指示，一道彷彿足以支撐天空的光柱般的魔術淹沒基納納，讓他發出苦悶的聲音。

「唔喔喔喔喔喔？」

「唔？」

惠美和艾伯特對魔力的耐性在人類當中算是相當強，但就連他們都差點無法承受那聲咆哮，由魔力構成的光柱也跟著稍微晃動。

「喔，真是危險。」

但魔力柱的外側又出現一道沿著柱子往上延伸的聖法氣結界。

「真是草率的魔術。放射出太多無謂的能量了。這樣好不容易統整好的世界各地的武力，或許會重新考慮派兵過來。」

加百列一臉從容地用聖法氣「補強」魔力柱。

「如果真的這麼想，就認真工作啦！你必須完成比所有馬勒布朗契加起來還要多的工作！」

「真是不得了的黑心企業。」

加百列露出從容的笑容，他的聖法氣足以和西里亞特與其麾下的二十名馬勒布朗契形成的魔力結界對抗。

那和基納納的魔力波一樣，是容易被附近的人發現的力量。

「這樣真的就能讓這隻蜥蜴安靜下來嗎？」

「你還是直接看結果比較快吧？馬勒布朗契們好像在情況變成現在這樣之前，就已經在偷和貝爾的部下合作，他們同樣的事情已經做過很多次了！」

「喔……哎呀，真的耶。」

魔力柱在聖法氣結界中逐漸收縮。

最後裡面只剩下縮小到大約是人類兩倍大的基納納。

「相對地，地面會變成這樣。」

「這也無可奈何。」

馬勒布朗契的「魔力吸收」魔術，是將敵人的魔力回歸大地的力量。

只要基納納一開始大鬧，西里亞特他們就會按照蘆屋與漆原的指示和人類的聖法氣結界取得平衡，努力不讓其他四個大陸的勢力察覺到基納納以外的強大力量。

「所以那些法術師才有辦法這麼快去支援瓦修拉馬的戰士啊。」

「你一直都待在這裡吧？為什麼你不知道啊！」

「哎呀，基本上我只負責壓制他的動作，所以對其他事沒什麼興趣。」

他真的有自己是防衛魔王城的關鍵人物的自覺嗎？

但加百列變得能像這樣使出全力，對惠美等人與其他出席高峰會的人來說，都代表事情正朝好的方向發展。

◇

在惠美抱怨加百列過於怠慢和掩護拉吉德戰鬥的兩天後。

克莉絲提亞・貝爾受到迪恩・德姆・烏魯斯的招待，來到山羊圍欄那間迪恩・德姆・烏魯斯常光顧的店。

就在她和法爾法雷洛一起享用像蒙古烤肉的料理時，她底下的其中一個聖職者拿著記載緊急報告的文件衝進店裡。

當然這名部下也是知道滅神之戰內情的法術師，雖然打扮成聖職者的樣子，但他其實原本是艾美拉達底下的聖・埃雷研究者。

「看來我們的擔心是多餘的。」

克莉絲提亞看完報告後鬆了口氣，將那張文件遞給正在專心烤肉的迪恩・德姆・烏魯斯。

「我烤得正盡興，直接念給我聽。」

「好……啊啊，我好像已經能看見賽札爾大人慌張的表情。」

這份報告的製作者應該是賽札爾的部下，而且還是和滅神之戰毫無關連的教會騎士。

上面用潦草的字跡寫著：

『統一蒼帝本人親自出席交涉。』

「喔～傅老頭難得這麼講義氣。」

雖然大法神教會騎士團的聖征軍想從中央大陸的北側進攻，但艾夫薩汗的八巾騎士團毫不掩飾牽制教會騎士團的意圖，在中央大陸東側布陣。

由於這場聖征表面上對外宣稱不會在中央大陸掀起戰爭，所以站在教會騎士團的立場，他們絕對不能和八巾騎士團起衝突。

為了一開始就重挫對手的銳氣，教會地位最高的大神官賽札爾決定親自過去交涉，沒想到艾夫薩汗居然是讓完全不將賽札爾放在眼裡的大陸最高領導者出席。

賽札爾此時應該正被正蒼巾和統一蒼帝逼問，感到方寸大亂吧。

當然，統一蒼帝的出席對鈴乃和迪恩·德姆·烏魯斯來說，都是「計畫中」的事情。

在統一蒼帝的專制國家艾夫薩汗，一切都是以統一蒼帝的意思為最優先。

相較之下，賽札爾的意見只是六大神官之一的意見，不代表教會騎士團或整個聖征行動的意思。

參與交涉的雙方在權限方面完全不對等，所以根本無法達成國與國之間的合意。

但身為聖征總司令官的鈴乃，正在山羊圍欄被北大陸的大人物們「盤問」無法抽身，其他三個大神官則是在遙遠的西大陸。

再加上賽凡提斯「不知為何」正忙著在教會大本營辦公，沒有回應賽札爾的出席請求。

賽札爾才剛開始交涉就完全無法出手，只能一無所獲地回到威蘭德．伊薩。

「坦白講，我沒想到統一蒼帝會做到這個地步。在聽說駐紮的部隊是正翠巾時，我還不安了一下……」

話雖如此，對鈴乃等人來說，統一蒼帝不僅從未隱藏征服世界的野心，還是個完全看不透想法的可怕老人。

正因為如此，沒有人知道統一蒼帝對滅神之戰認真到什麼程度，讓人覺得難以捉摸。

但結果一切都按照「議決」的內容在進行，讓克莉絲提亞鬆了口氣，然而在迪恩．德姆．烏魯斯驚訝的表情背後，卻燃起了警戒的火焰。

「迷你鐮。艾謝爾有沒有考慮過從傳老頭手中搶走王位？」

「啊？為什麼突然說這個？」

克莉絲提亞驚訝地搖頭回答：

「我實在不認為艾謝爾現在會有那樣的打算。首先這樣會違反『議決』，而且只是讓魔王軍將根據地移到東方。這樣無法達成他們的目的。」

「……我想也是。這我當然也知道。如果是這樣的話……唉咿咿咿。」

迪恩．德姆．烏魯斯拿起放在一旁的菸管，從懷裡掏出菸草塞進前端。

「真是的……感覺事情之後會變得很棘手。那個臭老頭……」

◇

鈴乃和迪恩・德姆・烏魯斯一起吃肉的兩天後。

「唉～～……統一蒼帝特地親自出席啊～～」

「嗯。賽札爾大神官這兩天好像獨自哭著往返威蘭德・伊薩和諾斯・夸塔斯好幾次呢。」

「怪不得他們的行動變得很慌亂～～」

「以爭取時間的策略來說，再也沒什麼比這更有效果了，不過……」

「感覺這個人情會很貴～～」

這裡是位於西大陸東端的齊琳茲共和國的港灣都市拉姆瓦瑟。

今天也不斷有人和物資為了聖征渡海前往北方。

艾美拉達和盧馬克悠閒地在拉姆瓦瑟的聖・埃雷駐外公館眺望港口的狀況。

「唉，我們只要設法還清自己借的部分就好。我已經想了幾種方法。貝爾目前在菲恩施吧？」

在盧馬克看的窗戶外面，除了開往北方的聖征船隻以外，還有一艘朝東方出港的大型帆船橫切而過。

「是啊～～她正在接受迪恩．德姆．烏魯斯大人的『訓斥』～～」

「真是悠閒。」

「實際爬到那樣的位置後～～就不太能按照自己嘴巴上說的那樣行動了～～盧馬克小姐應該也很清楚這點吧～～？」

「有時候可以，有時候不行。唉……貝爾的狀況是完全不打算為了教會的利益行動，所以還算好，但如果她是以魔王軍大元帥的身分行動，那也未免太悠閒了，真是同情艾謝爾。」

「這也沒辦法～～艾謝爾原本就已經在各種意義上擾亂了整個世界～～偶爾也該讓他自己嚐嚐這種滋味～～」

「……根據我從艾米莉亞那裡聽到的資訊，他好像一直都是被人擾亂的角色。」

「或許是這樣沒錯～～」

在兩人對話的期間，又有一艘船航向東方。

那艘船是開往中央大陸西方的行政都市。

現在已經幾乎沒在運作的韋斯．夸塔斯。

「話說艾米莉亞的事情已經沒關係了嗎？」

盧馬克一搬出惠美的名字，就壞心眼地戳了一下艾美拉達。

艾美拉達毫不掩飾厭煩的表情，揮開盧馬克的手。

「我怎麼可能接受～～不過～～……後來發生了很多事讓我稍微爽快了一點～～所以現在就先不追究～～」

「真愛逞強。」

「吵死了～～！」

「……話雖如此，某方面來說，這也都是多虧了貝爾。因為東邊、北邊和南邊都沒出手，這樣西邊……不對，我們就能獨占『滅神之戰』的『另一個戰利品』了。」

「妳的意思是只把麻煩事都推給貝爾小姐和賽凡提斯嗎～～？」

「他們應該也習慣了，這點程度的麻煩，他們會接受的。」

「要是那樣就好了～～不過妳應該也知道～～他們可不是那麼容易應付的對手喔～～單看個人的力量也一樣～～……」

「嗯，我知道。」

盧馬克從頭到尾都面不改色。

她明白艾美拉達想說什麼，並按照事先準備好的那樣回答。

「能夠依靠的領導者、國家和土地。只要欠缺任何一個，就無法維持萬全狀態。所有『人類』都適用這個道理。他們也是人類吧？」

「……嗯～～姑且算是～～」

「只要看待在魔王城的那兩個人就很清楚了。不對，不如說如果他們已經算是水平比較高的，那應該遠比統一蒼帝或魔王軍好駕馭。」

「妳還是別太大意比較好～～我在日本有學過～～妳這樣是在替自己埋失敗的伏筆～～」

「我知道啦。但如果真的變成『伏筆』。」

盧馬克目送第三艘船離開，朝船尾拋了個飛吻。

「到時候就真的輪到高峰會和魔王軍將領們出場了吧？」

「……妳這個人還真是壞呢～～」

「妳在說什麼。這很普通。在被捲入這場戰役的人類當中，最普通的人就是我。真是的，每個人都像怪物一樣，實在是嚇死我了。」

雖然艾美拉達在心裡想著「就算要裝傻也該演得認真一點」，但反正吐槽也沒用，所以她什麼也沒說。

「這麼普通的我，居然要迎接住在天空那一邊的『天使大人』。有什麼比這還要可怕的事情嗎？」

「好好好我知道了～～……」

艾美拉達只能傻眼地聳肩。

「所以……必須請賽札爾大神官努力和統一蒼帝陛下交涉得久一點。至少得再談一個星期，才能減少不必要的犧牲。」

「是啊～～」

艾美拉達嘆了口氣。

「雖然沒有讓千穗小姐知道～～但發生在中央大陸東北部平原的小規模衝突已經出現近百名的犧牲者～～教會騎士團和八巾騎士團也太血氣方剛了～～真令人困擾～～」

「不過即使死了一百人，教會和艾夫薩汗都還是能繼續標榜和平。這在魔王軍出現之前，是完全無法想像的狀況。世界真的變和平了。」

「是啊～～」

艾美拉達以空洞的眼神表示贊同。

「相對地～～能若無其事地拿這種事來閒聊的我們～～……」

「一定無法上天國吧。雖然感覺那種東西根本不存在。」

盧馬克甚至是笑著這麼說。

◇

幾乎就在艾美拉達和盧馬克談笑的同一時間。

「嘿咻！」

加百列揮下少了前半段的杜蘭朵之劍，將基納納的尾巴前端砍飛。

光斷面的直徑就有約三公尺的蜥蜴尾巴在空中不規則地抖動——

「唔喔喔喔喔！這次的尾巴也很有活力呢！」

「所以說為什麼你會出現在這裡啊，真是完全不能大意！」

尾巴筆直朝拉吉德落下，讓艾伯特又再次跑過去救他。

「這已經是這個星期的第三次了！你到底想帶多少條尾巴回去啊！」

「當然是愈多愈好！」

「你認真的嗎？」

在高峰會開始的這一個星期。

拉吉德他們已經反覆經歷了好幾次搶奪基納納的魔力讓他變小，等睡著的基納納又稍微變大並鬧事就再讓他變小的流程。

基納納在這個過程中變得能從銳利的尾巴前端發射光線，就在加百列為了壓制他而砍斷那條尾巴後，西里亞特他們的魔術效果明顯變好了，因此這已經是加百列第六次砍斷基納納的尾巴。

基納納的身體現在已經只能變大到比暴龍小一點。

「要是幹得太過火讓他再也無法復活會很麻煩，差不多該做個了斷了！」

加百列說完後，看向魔王城的方向。

在高峰會開始後，魔王城起飛的日子也愈來愈近，最近一直在趕工修補內部和外牆。

當然最大的關鍵，還是讓魔王城起飛的核心。

裝設大魔王撒旦遺產的機構，目前正由漆原獨自修理。

「那傢伙該不會在偷懶吧！」

「現在好像已經可以起飛了，只是還要考慮時機，就算記憶恢復了，也沒辦法馬上連性格都一起矯正過來，還是耐心地等待吧！」

「就算這樣也要有個限度！」

這一個星期已經進行了三次壓制基納納的作戰，除了一直像驅逐龍一樣興奮的拉吉德以外，就連加百列都開始露出疲態。

「統一蒼帝對諾斯．夸塔斯周邊的牽制，也差不多要開始失效了吧。如果不快點修復到隨時能夠起飛的狀態，起飛後貝爾他們和八巾可是會撐不住喔。」

這場戰爭的一切都必須從進攻天界開始。

然而魔王城現在準備逃往魔界，就算要起飛，也得先製造能讓西大陸接受的「天使降臨」

的事實，沒辦法悠閒地等待。

如果聖征沒有獲得成果，來自西方的人可能會爆動，一旦西方爆動，東方和北方也會跟著打起來。

如果想在魔王城起飛後，將中央大陸內的紛爭和犧牲降到最低限度，那最慢也得在一個月內完成進攻天界和滅神的目標。

「唉，這部分……」

加百列以若有深意的笑容看向魔王城北方的天空。

「就只能相信『他』恢復記憶後想出的祕策了。路西菲爾說只要有基納納在魔界地底守護的那些設備，就能輕易攻打天界。他明明是最不可能說出這種話的人。既然如此，難道不會想在他這個大冷門身上賭一把嗎？」

「我跟你們不同，一直都是踏實地生活……喔喔？」

第六次被魔力限制住行動的基納納，開始逐漸變小。

「唉，總算達到今天的業績了……嗯？」

但這次和平常不同。

在暴龍變小後，最後踏出光柱的是用兩隻腳走路的蜥蜴人。

那是曾在魔界見過的基納納的人型姿態。

「……（看來已經研磨好了。）」

「嗯？」

「他剛才有說話嗎？」

艾伯特和拉吉德在困惑的同時也沒有鬆懈，基納納用清澈到難以想像剛才還在大鬧的眼神，遠眺北方的天空。

「（那遠大的願望，終於就快要實現了。）」

「……他該不會……還在痴呆吧。還是他真的……？」

唯一能不靠概念收發聽懂基納納在說什麼的加百列，順著基納納的視線看向北方的天空

――――

「哎呀。」

然後發現艾米莉亞正緊急趕來這裡。

「看她那麼急……該不會？」

疲憊的加百列像是鬆了口氣般，將杜蘭朵之劍扛到肩膀上――

「好痛啊啊啊？」

「……你每次都要這樣搞嗎？」

然後不小心割到肩膀，把T恤都劃破了。

◇

五天前和拉吉德與加百列一起追著基納納的尾巴跑的惠美，今天和萊拉一起躲在魔王城北邊的森林裡。

惠美召喚出進化聖劍·單翼（better half）和破邪之衣，全副武裝。

「話說回來……賽札爾意外地是個庸俗的人呢。」

「他的資歷原本比賽凡提斯長，但還是被搶走了首席大神官的位子，之後貝爾被迪恩·德姆·烏魯斯大人重用這件事也讓他感到不服氣，所以才會獨斷做出這種事吧。」

兩人昨天從在諾斯·夸塔斯擔任迪恩·德姆·烏魯斯的護衛暗中活躍的法爾法雷洛那裡，收到了賽札爾祕密派遣自己的私人部隊前往魔王城的情報。

根據法爾法雷洛的分析，是因為和統一蒼帝的交涉一直不順利，讓賽札爾感到非常惱怒，所以才想趁克莉絲提亞將注意力放在北方時獲得一些成果，策劃了這場行動。

當然這件事也在惠美他們的預料之內，賽凡提斯一直在教會大本營妨礙賽札爾，這也是促使他做出這種輕率舉動的主要原因之一。

「感覺貝爾的工作最輕鬆。雖然對外的說法是去接受斥責，但實際上她只要一直待在北方

和迪恩．德姆．烏魯斯大人享用美食就好，對身體的負擔也很小呢。」

「看在外人眼裡或許會覺得那樣的生活很奢華，但實際站在那個立場上的人可沒這麼輕鬆，同樣都是『用餐』，比起每天緊張地和別人吃米其林三星級法國菜，還是和喜歡的人一起在家裡包煎餃吃更好吧。我覺得她壓力一定很大。」

「就算是這樣，也不代表米其林三星級法國菜不好吃吧。雖然我沒吃過……比起這個，他們差不多到了吧？」

「嗯。看來每個都是高手呢。」

「來得比想像中快呢。這表示賽札爾就是如此焦急嗎？」

「他們也不想被一樣『假裝成是斥候』的八巾騎士發現吧。正因為是高手，所以才不喜歡互相殘殺。那麼，我們上吧。」

「妳真的辦得到嗎？」

「我還滿擅長這種事的。我從以前就只有讀書特別厲害。」

惠美和萊拉的工作是妨礙賽札爾派遣的部隊前進。

當然，即使直接將他們擊退也只會讓賽札爾派出第二波、第三波的軍隊，所以這時候就要使用一些小手段。

過去連接諾斯．夸塔斯和伊蘇拉．聖特洛的主要幹道，還遺留著魔王軍肆虐的痕跡，但也幾乎要被自然的森林淹沒。

惠美站在那樣的舊街道旁邊，佩服地看著萊拉的手段。

「原來如此。媽媽以前和現在都是醫療人員呢。」

「嗯，而且我在魔界也旅行了一段時間，對魔術有一定程度的了解。所以……」

萊拉在惠美旁邊用聖法氣創造出另一個惠美。

「也能用法術做出和馬勒布朗契們的魔術差不多的效果。」

「感覺真奇怪。」

萊拉用法術產生的幻影就像電視的實況轉播一樣，是直接將惠美的動作投影在聖法氣的螢幕上。

「所以我得在這裡哀傷地當著媽媽的面演獨腳戲啊。」

「要好好演喔。勇者艾米莉亞．尤斯提納。最好是神聖到能讓他們放棄貪戀權勢的大神官的命令。」

「我知道啦……阿拉斯．拉瑪斯。」

惠美嘆了口氣，呼喚處於融合狀態的女兒。

『媽媽，什麼事？』

「這次在媽媽說可以之前，都不能出來喔？如果妳乖乖的，爸爸之後會好好陪妳玩喔？」

『嗯！』

雖然像這樣利用真奧應該不會讓他有好臉色，但這也是無可奈何。

萊拉的工作是重現馬勒布朗契的幻影魔術，在賽札爾的部隊面前投影出勇者艾米莉亞的幻影，阻止部隊前進。

萊拉並非專家，但她是依靠聖法氣做出的螢幕重現幻影魔術，這樣就不會有人質疑勇者艾米莉亞的神聖性。

「真是一場鬧劇。」

「這世界上有九成的事情都是鬧劇，所以偶爾遇到剩下的那一成才會讓人充滿幹勁吧。」

「是是是。居然要被這種母女欺騙。那些人還真可憐。」

惠美說完後，在沒有其他人的地方「變身」。

「……艾米莉亞。」

「什麼事？」

大天使萊拉看著擁有銀色頭髮和紅色眼睛的女兒，露出燦爛的笑容。

「我很開心呢。」

「我知道妳在想什麼，拜託別說出口。」

賽札爾底下的偵察隊，就這樣發現艾米莉亞的聖法氣和投影在聖法氣螢幕上的幻影，在通往伊蘇拉・聖特洛的森林裡被幻影追了一整天，耗費無意義的時間。

「大家都進行得很順利呢。」

魔王城最深處。

漆原半藏在修理好的輪機部前面發呆。

「真虧他們能進展到這個地步。不曉得該說是幸運還是不幸……不過還真令人在意。」

漆原嚴肅地自言自語，但姿勢還是和平常一樣邋遢，他將注意力集中到比天花板上面的魔王城頂端還要再上面的天空。

「明明連大神官都殺了。你們有在關注這裡吧。為什麼不出手？」

結果自從真奧他們決定討伐神明後，天界唯一做出的抵抗就只有暗殺大神官羅貝迪歐。

不對，事到如今，就連那是否真的是暗殺都令人懷疑。

反正也沒有證據，所以根本無法斷言，但天界應該也察覺自己正面臨威脅。

過去曾接連派出沙利葉、加百列、拉貴爾和卡邁爾的天界，為什麼沒在面臨威脅後，直接對魔王城出手？

「雖然說會看氣氛的尼特族只能稱得上是二流……但還是讓人不爽呢。」

◇

「執行議決」的那一天，是自魔王軍潰敗以來，全世界的注意力最集中在中央大陸的日子，但也已經是一個星期前的事了。

※

「高峰會」。

雖然取了這種誇張的名字，但其實這場會議的規模並不大。

諾斯．夸塔斯行政府內的會議室，頂多只和麥丹勞幡之谷站前店的一樓差不多大。

東大陸的絕對君主統一蒼帝和他的左右手，正蒼巾騎士團總帥。

南大陸的顧問，戰士之國瓦修拉馬的戰士長拉吉德．拉茲．萊昂。

位居世界最大宗教大法神教會的頂點，六大神官中的兩人，賽凡提斯．雷伯力茲和克莉絲提亞．貝爾。

與舊魔王軍對抗的人類最後堡壘，神聖．聖．埃雷帝國的近衛將軍海瑟．盧馬克和宮廷法術師艾美拉達・愛德華。

北大陸所有氏族的總代表，圍欄之長迪恩・德姆・烏魯斯。

這八個擁有的權力大到只要動一下手指就能輕易毀滅一個國家的大人物，事實上正屈服於一個十七歲的少女。

雖然對外宣稱是高峰會，但其實就是常人無法理解的國家之間用來爭奪利益的場合。來參加這場會議的人，在入座之前都是這麼認為。

畢竟召開這場會議的議長是異世界的訪客，所以出席者都不認為這個外人中的外人說的話會有什麼份量。

而且那位議長還是個十七歲的少女，光講就讓人覺得好笑。

既不是戰士，也不是法術師，更不是惡魔，這樣的少女能有什麼力量。

雖然聽說她是圍欄之長迪恩・德姆・烏魯斯的孫女，但這樣就與來自異世界的前提互相矛盾，想必是有人在背後動了什麼手腳。

總而言之，現在眾人確實在中央大陸觀測到極為異常的狀況。

不過那和過去的魔王軍相比，根本就稱不上什麼緊急的威脅，不如說那只是個激起世界各國對領土和權力慾望的誘因。

所以現在各方勢力的意圖都集中在中央大陸……

抱持這些意圖的人，在人類世界位極人臣的人，現在都一起繃緊身心看向議長席。

不對，只有迪恩・德姆・烏魯斯像是在享受事情的發展般，用爬滿皺紋的臉露出微笑。

高峰會的出席者，將視線集中到坐在議長席的那個叫千穗・佐佐木的少女身上。

那對一部分的人來說是熟悉的長相。

對一部分的人來說是初次看見的長相。

身材嬌小的少女，穿著異世界的服裝「學生制服」。

從她柔和的表情與柔嫩的肌膚，完全感覺不到魄力或戰鬥能力。

即使如此，依然絕對不能大意。

因為千穗・佐佐木議長比這個世界的所有人，都還要認真在「狐假虎威」。

「我相信今天出席的各位，都是理解我們魔王軍發動滅神之戰的意義，並願意在神從世界上消失後，全力守護聖十字大陸的和平與秩序的人。」

這就是千穗・佐佐木議長所說的第一句話。

「在我的故鄉日本，有一句俗語是『同吃一鍋飯的夥伴』。意思就是一起吃飯的朋友，但引申有為了同一個目的一起生活，並因此締結了穩固羈絆的夥伴的意思。」

議長的這句話，不曉得讓賽凡提斯還是拉吉德嚥了一下口水。

「我想先跟大家說明一下，今天的午餐是由我替各位準備。這在異世界日本，是所有國民都在吃的東西。」

議長的視線掃向所有出席者。

「而且……這也是我和我重要的朋友們平常一起吃的『同一鍋飯』。對吧？」

此時，議長看了自己的兩側一眼。

「魔王撒旦先生，勇者艾米莉亞小姐。」

「……嗯。」

「是啊。」

在千穗．佐佐木的右側，是連身材高大的拉吉德都必須抬頭仰望，魔界的惡魔之王撒旦的威容。

左側是身穿破邪之衣，不知為何抱著一個笑容滿面的小女孩的勇者艾米莉亞。

所有人都先對撒旦感到恐懼，然後對艾米莉亞的存在感到困惑。

尤其是沒有參與滅神之戰的賽凡提斯動搖得最明顯，當明顯擁有異常魔力的惡魔出現在議場時，他也是最先起身戒備的人。

正蒼巾的總帥也難掩恐懼，但看在兩人眼裡，最異常的果然還是那個彷彿將魔王撒旦當成部下的少女議長。

通常除非擁有一定程度的聖法氣，否則光是接觸到惡魔強大的魔力就會讓身體機能衰弱，

在最壞的情況下甚至會導致死亡。

然而不知為何，不管怎麼看都不像法術師或戰士的千穗・佐佐木，居然若無其事地承受魔王撒旦放出的魔力。

「雖然接下來要開始進行的是會議，但實質上是我對大家的『請求』。我本人在聽了許多人的意見後，參考專家的意見擬定了一個不會讓大家吃虧的『計畫』。希望大家能夠盡情提出意見，一起調整計畫內容和商討如何執行。」

「這樣的講法也太居高臨下了吧？」

首先發言的人是拉吉德。

一般人光是看見戰士長的臉，就會被他的魄力嚇到開始發抖，但千穗議長毫不畏懼地用微笑回應：

「是的。畢竟只靠各位根本就成不了事。」

「唔！」

「呵呵呵。」

迪恩・德姆・烏魯斯在看見拉吉德畏縮後，露出若有深意的笑容。

「如果我和魔王軍沒有召開高峰會，中央大陸事實上就會被教會騎士團的聖征軍征服吧？我想請問賽凡提斯大神官和克莉絲提亞大神官……等聖征軍達成從諾斯・夸塔斯和韋斯・夸塔

斯進攻伊蘇拉・聖特洛的目的後，會讓教會騎士團全軍返回原本的教區嗎？」

「……」

兩位大神官當然沒有笨到回答這個問題。

這世界上有些事即使大家都心知肚明，也絕對不會說出口。

「那麼，統一蒼帝陛下。如果聖征軍表示達成目的後就會乖乖回去，所以請您不要採取任何行動，您會相信嗎？」

「……為了守護中央的獨立……朕的八巾將領……會立刻全軍對抗……西方的蠻族……」

另一方面，統一蒼帝並不是會在這種場合客氣的個性。

會場的氣氛瞬間變得緊張，賽凡提斯露出僵硬的表情，拉吉德則是不悅地哼了一聲。

「迪恩・德姆・烏魯斯大人。西方和東方的人都是這個樣子，在這種情況下，北方會支持哪一方？」

「唉，雖然我們現在把港口借給教會，但可不希望發生戰爭。我才不想到了這把年紀，還要和傅老頭起爭執。」

「拉吉德戰士長，盧馬克將軍，這表示在中央大陸的檯面下，已經至少有兩個大陸在暗鬥，神聖・聖・埃雷帝國和瓦修拉馬對此有什麼計策嗎？這樣下去，中央大陸的權益將會被其中一方獨占喔。」

「……」

拉吉德不悅地皺起眉頭。

「……呵呵，妳還真敢說呢。」

盧馬克反而像是覺得有趣般露出笑容。

「大神官賽凡提斯……現在問題的重點來了。我們魔王軍進行的滅神之戰，就結果而言將會是對安特．伊蘇拉的人類存續來說不可或缺的一戰。我想克莉絲提亞大神官和聖．埃雷法術監理院的艾美拉達院長，應該已經向你轉達過這件事。在這樣的前提下，請問以賽札爾大神官和摩洛大神官為首的所有大法神教會信徒們，有辦法接受這個事實嗎？」

「……這個嘛。」

「我話先說在前頭，之前傳達給你的資訊全都是事實。如果你想要證據，之後也可以給你看。然後，拉吉德戰士長。」

「唔。」

「除了賽凡提斯大神官以外的所有人，都事先知曉滅神之戰的目的和將導致的結果，但即使如此，光靠他們的力量還是無法阻止世界各國在中央大陸爭鬥。各位應該也都想不出迴避爭鬥的方法吧。這也無可奈何，畢竟各位都背負著自己的國家。一旦計畫開始執行，光是維持現狀就得花錢。我明白各位事到如今都無法接受無功而返，但我提出的計畫能在這樣的情況下給

各位回頭的機會。」

「……如果～～我們無法接受那個計畫並決定拒絕怎麼辦～～？」

面對艾美拉達的發言，千穗輕輕點頭。

「當然，要拒絕是各位的自由，不過……」

此時，議長的語氣瞬間變得低沉。

「希望各位在發言前，能仔細思考一下站在我後面的這兩位是誰。」

「什麼！」

「唔！」

「哈哈哈！」

拉吉德和賽凡提斯瞬間動搖，迪恩．德姆．烏魯斯則是忍不住笑出來。

「艾美拉達，妳到底對她灌輸了什麼？那不管怎麼看都不是之前的千穗小姐。要不是集合在這裡的是這些成員，我都要懷疑是不是魔王控制了她的精神。」

「……我想她以前應該不是會說這種話，也不是說得出這種話的人～～還有魔王大概也一樣～～」

「……」

聖．埃雷的兩人苦笑著互相用手肘頂對方，撒旦聽見她們的對話後用力皺起眉頭。

「阿拉斯‧拉瑪斯妹妹，過來一下好嗎？」

「什麼事，小千姊姊。」

議長轉向艾米莉亞，抱起她手中的小女孩。

「阿拉斯‧拉瑪斯妹妹的爸爸是誰？」

「爸爸是撒旦！」

議場瞬間騷然，撒旦低下頭掩飾自己不悅的表情。

「那媽媽呢？」

「媽媽……」

小女孩笑容滿面地指向那個人。

「我的媽媽，是艾比莉亞！」

這個瞬間的騷動，已經超出動搖或感嘆的範疇。

被小女孩指著的艾米莉亞，像是在忍耐什麼般紅著臉低下頭。

她的臉色非常複雜，視看的角度而定，也可能會讓人覺得是在害羞。

這副模樣提高了議長抱的小女孩，是魔王和勇者的小孩這項事實的可信度。

「我和撒旦先生與艾米莉亞小姐是『同吃一鍋飯的夥伴』。我們的滅神之戰，是為了這位阿拉斯‧拉瑪斯妹妹的笑容展開的作戰。所以……拒絕這項計畫就等於是和魔王與勇者，還有

整個異世界日本為敵，希望各位能夠好好考慮。」

現場陷入騷動，但沒有人能夠反駁。

不管怎麼想都太不講道理了。

甚至可以說是威脅。

狐假虎威也該有個限度。

即使如此，這些位居人類世界頂點的人還是無法反抗。

就連將魔王軍視為最大敵人的賽凡提斯都是如此。

議長像是對議場的氣氛感到滿足般用力點頭。

「阿拉斯．拉瑪斯妹妹，謝謝妳。來，撒旦先生。」

「嗯！爸爸！」

議長刻意不是轉向艾米莉亞，而是將阿拉斯．拉瑪斯還給真奧。

少女天真無邪地爬上抱她的魔界之王的身體，證明她真的是維繫魔王與勇者的關鍵。

「話雖如此，只要參與我們提出的計畫，各位就不會有損失，只是無法獨占利益而已。我保證各位在戰後能夠領先其他沒參加滅神之戰的國家，獲得龐大的利益。那麼……撒旦先生。」

「好好好……喂，艾……艾米莉亞。」

在議長的指示下，撒旦緩緩展開行動。

他側眼看了一下動搖的眾人，將懷裡的孩子交給艾米莉亞。

雖然那自然的動作讓魔王與勇者的羈絆看起來又更加穩固，但撒旦還是彆扭地走出會議室。

幾分鐘後，他抱著一個大鍋子回來。

另外還有幾個奇妙的成員跟在撒旦後面。

「艾、艾謝爾……」

其中一人是許多人都認識的惡魔大元帥艾謝爾。

但站在他後面的明顯是人類，只見那人拿著一個大托盤，托盤上有許多放著白色塊狀物的盤子。

而跟在他們之後進來的少女，居然開始偷吃應該是要發給大家的餐點。

「喂，艾契斯！」

「抱歉抱歉，我肚子餓等不及了。」

仔細一看，那個被撒旦稱作艾契斯的少女，長得和叫阿拉斯·拉瑪斯的小女孩非常相似。

「爸爸，我來幫你。」

「爸爸？」

聽到艾米莉亞如此稱呼站在艾謝爾背後的人類，讓不認識諾爾德．尤斯提納的人變得更加驚訝。

議場開始飄散著難以言喻的香味，現場的人立刻明白他們端進來的東西是某種料理。

「今天在場的各位都是為了安特．伊蘇拉的未來而戰，同吃一鍋飯的夥伴。」

議長席的桌上擺著大量的鍋子和托盤，然後議長親自替出席者們上菜。

「這些是飯糰、炸雞塊、蘘荷豆腐和蘿蔔味噌湯。每一樣都是我們魔王軍日常生活中不可或缺的料理。這些全部都是我做的。」

千穗議長……千穗一開始拜託迪恩．德姆．烏魯斯的提案就是這個。

這次計畫的大前提，原本是利用撒旦和艾米莉亞的威勢，但單純想讓出席者理解異世界和日本差異的千穗，最後想到讓所有出席者品嚐千穗他們平常在Villa．Rosa笹塚二〇一號室吃的料理。

然後，大神官克莉絲提亞．貝爾、艾美拉達．愛德華和迪恩．德姆．烏魯斯率先準備開動，然而——

「不行！」

被艾米莉亞抱在懷裡的小女孩阻止了她們。

所有人都驚訝地看了過去，魔王與勇者的女兒嚴厲地說道：

「要先說『開動』才行！」

小孩子這種一本正經的反應，通常會讓人會心一笑，但現場的其他人都不曉得該露出什麼表情，只能曖昧地點頭。

然後——

魔王，遭到突襲

參加「高峰會」的人們謹慎地執行計畫。

拉吉德已經將六條基納納的尾巴稱作「龍尾」，當成擊敗侵害中央大陸魔物的證明，凱旋回到沙薩・夸塔斯。

在瓦修拉馬和南方的五大陸聯合騎士團的名聲傳遍全世界時，聖征的教會騎士團與八巾騎士團的交涉也結束了，雙方適當立下不戰的約定，派出做做樣子的軍隊分別從北方和東方前往伊蘇拉・聖特洛。

他們每次都會遇見許多「奇蹟」或「惡夢」，最後未能接近伊蘇拉・聖特洛就再次逃回諾斯・夸塔斯和伊亞・夸塔斯。

最常目擊到的是「勇者艾米莉亞的幻影」。

再來是「天使的背影」。

另外還有「成為魔王軍犧牲者的伊蘇拉・聖特洛居民的亡靈」。

最後那個是靠馬勒布朗契擅長的幻影魔術和屍靈魔術做出來的效果。

這些現象和瓦修拉馬擊敗的「龍」合在一起，不僅讓聚集到中央大陸的騎士團感到畏懼，還讓謠言散布到世界各地。

八巾騎士團利用這些謠言，逐漸轉換成容許教會騎士團進軍的方針。

但最後還是無法完全認同，並決定由教會騎士團和八巾騎士團一起臨時組成調查這些謠言的「調查隊」。

瓦修拉馬獲得了打頭陣和打倒惡魔巨龍的榮譽凱旋而歸。

南方帶頭做出成果後，最後決定以教會騎士團和八巾騎士團為主力，攜手對抗中央大陸的威脅，岳仙兵團和盧馬克率領的五大陸騎士團則是負責提供支援。

這樣即使教會騎士團實質上仍在繼續進行聖征，還是得基於和八巾騎士團的協定將戰力大範圍分散，以慈善事業之名行殖民中央大陸之實的計畫，已經不可能實現了。

當然八巾騎士團也是一樣的狀況，岳仙兵團和五大陸聯合騎士團也宣言將保持中立，替這兩個勢力進行協調。

總而言之，在這個所有人都不能明目張膽地硬來的情況下，魔王軍讓魔王城起飛了。

在全世界的人注意力都被吸引到中央大陸時，從世界各地平均派遣到這裡的騎士團們目擊了那個瞬間，這使得他們再也無法單方面地進行占領行動。

當然，那些國家的高層早就已經商量好，在滅神之戰結束後，將能獲得大量對國際政治有利的情報與人才。

而那當然就是艾夫薩汗、菲恩施和瓦修拉馬從以前就開始期待的惡魔移民，那些正是賽凡

提斯與教會，還有西大陸寧願放棄中央大陸霸權也要獲得的東西。

※

「該怎麼說才好，那真的是盲點呢。」

高峰會短短幾天就結束，在各國首腦離開後的會議室內，穿著與議場氣氛極不搭調的鬆垮T恤的真奧貞夫如此說道。

「不如說幾乎沒想過。不對，應該說沒有人想過？」

「但我們一開始的確沒想過要殲滅對手。我後來都是抱著走一步算一步的心情，完全不去管之後的事情。」

將阿拉斯．拉瑪斯抱在懷裡的惠美，也用和真奧一樣的心情說道。

「我也有同感。像這樣收集起來後，就讓人覺得好沉重啊。」

那疊文件絕對不算厚。

但上面有著這場會議所有參加者的簽名。

絕對不能公開的世界高峰會。

決定滅神之戰最終方針的協商。

「這麼一來。」

在會議的主要成員中，唯一留在會議室內的議長千穗，一反常態地累得趴在桌上問道：

「讓魔王城起飛的日子就決定了，但真的沒問題嗎？真奧哥，遊佐小姐。」

「也只能上了吧。」

被點名的真奧貞夫，轉著為了正式職員錄用研修買的稍微高級一點的筆，嚴肅地回答。

「比起破壞有魔王與勇者簽名的約定，還是遵守比較有利可圖吧。」

高峰會的議事錄。

上面除了所有參加者的簽名以外，還有三個會議見證人的名字。

撒旦・賈克柏與真奧貞夫。

艾米莉亞・尤斯提納與遊佐惠美。

在兩個並排在一起的簽名底下，還有一道歪歪扭扭的字跡。

但所有參加這場會議的人應該都忘不了那個名字。

魔王與勇者的女兒，阿拉斯・拉瑪斯的名字。

「當然，我們也沒無力到會讓千穗與大家的簽名白費。相對地，該做的事情又要增加了……」

「原本的排班就已經夠吃緊了，實在不想再多請假，這樣會對岩城店長不好意思。」

「暫時只能請利比科古多努力一點了，等能夠排班後，再連續一個月不要休假就行了。岩城店長和大家應該也會體諒我們。這都要感謝千穗公開了一切。」

「一個月都不休假也太勉強了吧。」

真奧反駁講得一派輕鬆的惠美後，轉向千穗。

「總之小千也辛苦了。一開始聽說時，我還很擔心會變得怎麼樣，但沒想到能夠進展得這麼順利。」

接著，千穗突然抬起頭看向真奧。

「……因為我很努力。我可是利用學校和補習班的空檔，不靠里德姆奶奶收集了各種情報。為了能夠承受真奧哥的魔力，我還得抽空進行讓『基礎』碎片與聖法氣呼應的訓練，體力上真的很吃緊呢。我都在忙著準備考試的期間做到這種程度了，請你要好好努力喔。」

「嗯、嗯，真的很不好意思。話說小千真厲害……感覺和平常完全不同，還用了好多艱澀的詞彙……」

「就是啊！我光是站在旁邊，就差點被千穗的氣勢壓倒……」

「因為我很努力。」

「「咦？」」

千穗的眼睛開始變得溼潤，讓魔王和勇者都畏縮了。

「我拜託學生會的朋友教我會議的程序，還請他們陪我進行模擬會議和小組討論。最後在家庭餐廳花了將近一萬圓請他們吃飯。」

「喔、喔。」

「我每天都把國會的實況轉播錄下來看。媽媽因為明白情況所以沒說什麼，但爸爸一直用覺得奇怪的眼神看我。」

「這、這樣啊……」

「我抱持著反正考試也要準備小論文的心情學習文件的寫法，還另外看了說『事業需要會議』和說『事業不需要會議』的書各三本。總共花了六千圓。」

「「……」」

「但光是這樣還是讓我很不安，所以我還拜託志波小姐和天禰小姐幫我檢查議事流程的腳本。真奧哥家、鈴乃小姐家和萊拉小姐家這個月的房租都要多交一成。」

「咦！？！？」

最後一項事實，讓真奧求助似的看向惠美。

但惠美也對千穗私下付出的努力感到驚訝，完全沒看真奧。

「我真的……好累。必須對許多人說討厭的話和表現得很強硬，因為祕密和公正性很重要，所以重要的事情別說是真奧哥和遊佐小姐了，我也不能找鈴乃小姐、蘆屋先生或艾美拉達

小姐商量，漆原先生難得認真工作，所以我不想給他添麻煩。」

「「……」」

千穗說完後，輕輕嘆了口氣，再次低下頭。

真奧和惠美忍不住互望了彼此一眼。

她果然很害怕，很緊張吧。

現在也依然感到不安吧。

千穗的責任感很強，所以一旦下定決心就會一直做到底。

但這和能明確靠分數判斷結果的支爾格不同，會議的成果最後只能靠氣氛判斷。

然而，聚集在安特．伊蘇拉的那些擁有「力量」的人，卻將未來託付給沒有任何「力量」的異世界少女。

這讓兩人突然產生罪惡感。

雖然他們覺得自己於明於暗都有在支持千穗，但最後還是只讓她一個人主導議事進行。

「小千姊姊，好乖好乖！」

或許是察覺千穗的辛勞，阿拉斯．拉瑪斯從惠美的懷裡跳下，走到千穗旁邊努力伸長手摸她的背。

「……嗯，謝謝妳，阿拉斯．拉瑪斯妹妹……但我真的有點累……」

「吶、吶……小千……那個，我們……對不起……」

真奧在看見千穗那令人心疼的模樣後立刻起身，針對自己的無能道歉。

這和是惡魔或人類無關。

真奧覺得身為從這個世界橫渡到日本的人，他必須針對這整個世界的無能道歉。

異世界的少女被迫背負起這個世界的任何人都無法背負的十字架，就在魔王打算承受這個罪過時——

「嗯？」

原本放在桌上的手腕突然被人抓住，讓他發出驚訝的聲音。

「真奧哥。」

抓住真奧手腕的千穗看起來一臉疲憊，但仍露出挑釁般的笑容仰望真奧說道：

「請給我獎勵。」

「獎、獎勵？」

「是的。」

真奧驚訝地重新調整姿勢，但千穗不知為何不肯放開他的手。

「惡魔大元帥佐佐木千穗從來沒有這麼努力過。即使扣掉之前沒有先跟你們商量就讓艾契斯在麥丹勞引發騷動的事情，應該還是有資格從魔王大人那裡獲得獎勵吧。」

「呃……這是當然，那個，妳這次的表現和背後付出的努力真的很驚人，所以相對地……呃，妳想要什麼獎勵。」

「遊佐小姐，經過今天的會議，大家應該已經大致團結起來了吧？」

「咦？問我嗎？是、是啊。應該已經團結起來了……」

「那如果之後一切進展順利，就表示拯救安特．伊蘇拉的契機是由我創造的吧？」

「應、應該是可以這麼說……」

突然被點名的惠美也跟不上千穗的情緒，變得語無倫次。

「既然如此，真奧哥，這次我可沒那麼容易滿足喔。」

「咦、咦？」

以前法爾法雷洛第一次來日本時，千穗也曾向真奧要過獎勵。

雖然那次她一個人就吃了三大塊加了滿滿草莓的蛋糕，然而，這次千穗承受的負擔遠比之前大。

不如說感覺這次的狀況已經不能用金錢來衡量了……

「我、我該怎麼做才好。」

「……」

真奧像是被釘住一樣，無法將手抽離桌子。

接著千穗沒有回答真奧，而是看向惠美——

「遊佐小姐，阿拉斯．拉瑪斯妹妹。」

「咦？」

「什麼事？」

「其實我的辦公室就在樓上，我把裝了記事本和手機的包包放在那裡。不好意思，可以去幫我拿過來嗎？是深藍色的背包。阿拉斯．拉瑪斯妹妹，可以拜託妳幫忙嗎？」

「嗯、嗯，我知道了。」

「喔！我要幫忙！」

「不好意思……麻煩妳們了。」

「喂，惠美……」

惠美受不了千穗散發的緊迫氣氛，趁機抱著阿拉斯．拉瑪斯逃離大會議室。

惠美和阿拉斯．拉瑪斯都不在後，真奧被迫獨自面對千穗，就在他因為不曉得會被要求什麼「獎勵」，戰戰兢兢地再次轉向千穗的瞬間。

「吶，小……」

真奧沒能說到最後。

「千穗。妳說的包包是這個嗎？因為跟妳平常拿的不一樣所以無法確定……怎麼了嗎？」

等惠美約五分鐘後回到大會議室時，真奧已經茫然自失地坐在椅子上——不如說是整個人癱在椅子上——看著空中發呆，千穗則是稍微紅著臉站著，將背靠在真奧坐的椅子上。

「小千姊姊？」

「……沒錯，就是那個。遊佐小姐，阿拉斯・拉瑪斯妹妹，謝謝妳們。」

「是嗎，那就好……魔王怎麼了？」

千穗放著真奧不管，從惠美那裡接過背包——

「真奧哥，我今天就先回日本了。」

說完這句話後，就走出會議室。

「咦？等等……魔王？千穗要回去了……千穗？」

真奧沒有回應，千穗也直接離開，不曉得該如何是好的惠美，決定先追著千穗走出會議室。

獨自被留下的真奧，直到現在才慌張地從椅子上跳起來。

「哇……什麼，咦……啊，喔喔？」

他還無法理解剛才發生的事，再次僵住。

『真奧哥。』

千穗的聲音依然模糊地在他耳裡縈繞。

『這還只是一半。』

真奧看向千穗剛才坐的議長席，彷彿她還在那裡一樣。

在那裡將真奧的手固定在桌上的少女，在惠美回來前是這麼說的。

『……另一半，希望是由真奧哥主動。』

續章

踩踏泥巴和雜草的溼潤聲響，陰鬱地在濃霧瀰漫的森林裡朝周圍擴散。
金屬之間的摩擦聲、馬蹄聲、微微的馬嘶聲和清嗓子的聲音。
這些聲音被吸進隱藏在霧氣背後的虛空當中，現在只能確定即將天亮。
總共一萬名的騎士，都各自穿著不同的服裝。
陣容裡包含了高揭聖征旗幟的教會騎士團。
手臂上綁著綠巾和紅巾的東大陸正翠巾騎士團與正紅巾騎士團。
高舉五大陸聯合騎士團證明的西大陸聯合騎士團。
以及儘管人數不多但都帶著獨特武器的北大陸岳仙兵團。
他們全都沉默不語，看著下方，呼吸裡摻雜著不像強悍騎士會有的膽怯。
「看啊……」
某人如此低喃，周圍的人都戰戰兢兢地抬起頭。
那個彷彿直接刺入尚未破曉的夜空的銳利尖端，正是幾年前讓整個聖十字大陸安特．伊蘇拉陷入恐懼的魔王軍基地，魔王城的尖塔。

某人嚥了一下口水，其他人也都能理解那個動作是在顯現出內心的恐懼。

騎士們是將自己的正義寄託在各種想法上來到這裡。

他們是為了驅逐新發生在中央大陸的威脅與恐懼而來。

但曾和勇者艾米莉亞一起闖入魔王城的人類士兵倖存者所流傳下來的慘烈又殘酷的戰場事蹟，至今仍蔚為話題。

在這一萬人裡，甚至還有曾上過那個戰場的人。

所有人都在想像隱藏在濃霧對面的邪惡劍尖，下一個瞬間就會一口氣放出大量惡魔的場景。

不過……不過什麼都沒有發生。

周圍只能聽見自然環境的聲響。

那些生物並沒有因為呼吸到魔王城的空氣而死滅，騎士們能夠感覺到蟲、鳥和野生動物的氣息，以及吹過荒野的風聲。

什麼都沒有。

什麼都沒有發生。

這裡依然是人類的世界。

太陽從遠方的地平線探出頭，像是在支援慶幸自己仍在人世的騎士們般，射來一道溫暖的陽光。

就在這份安心感於一萬名騎士之間擴散時。

濃霧因為太陽的溫暖與風稍微散開——

「……喂，那是……」

其中一名騎士察覺前方的異變，接著大地開始震動。

剛稍微放心的騎士們，瞬間又陷入恐慌。

但沒有人能夠責備他們。

不管是誰都會驚訝。

高聳入天的巨大魔王城開始震動並發出巨響。

一萬名騎士還來不及讚嘆隱藏在被陽光撕裂的霧之帷幕對面的雄偉城堡，就被那個光景嚇破膽了。

魔王城的底下噴出煙，然後撼動著大地開始浮在空中。

這個動作讓現場所有人類的靈魂和恐懼心，都和天地一樣被震撼。

此時，從魔王城上方射出一道宛如太陽的神聖光芒，吸引了所有調查隊成員的視線。

是勇者。

某人如此說道。

是艾米莉亞。不是幻影嗎？是本人。我曾親眼見過她。那不是幻影。

「是勇者艾米莉亞！」

『集合在中央大陸的世界各地的勇士們啊！』

艾米莉亞的聲音強而有力地震撼現場所有人的鼓膜。

過去曾經拯救過世界的少女勇者發出的聲音，平等地傳進一萬人的耳裡。

『接下來的戰鬥是屬於神的領域。請傳達給全世界的人！魔王打算逃到天空的另一端。我絕對不會放過他。請大家守護我的戰鬥！世界必須以和平的名義團結，絕對不能再產生新的婆……魔物！』

相對於眼前的光景，稍微咬到舌頭根本不算什麼。

在這一萬個人裡，只有一個人忍不住因此笑了出來。

其他人只能抬頭看著魔王城逐漸消失在天空中。

『我是勇者艾米莉亞！無論世界如何改變，只有這個事實絕對不變！』

伴隨著這個聲音，銀髮紅眼的少女勇者在聖法氣光芒的籠罩下，高高舉起右手。

「進化聖劍・單翼。」

某人喊出那把劍的名字。

那正是曾經以神聖之力擊退惡魔大軍的勇者之劍。

『魔王！覺悟吧！』

『…………………………媽媽好帥…………』

勇者的光芒開始追趕飛上天空的魔王城。

面對那道巨響與令人震撼的景象，期間隱約傳來的小女孩的聲音，沒有留在任何人的記憶裡。

發生在眼前的真正奇蹟，讓他們啞口無言。

「……受到神引導的勇士們啊！我們剛才見證了奇蹟！」

一道強而有力的聲音，讓騎士們瞬間回過神。

那個在一萬人裡唯一發現勇者咬到舌頭並笑出來的人，在馬上晃動著法衣，用和嬌小身軀極不搭調的凜然聲音喊道：

「在世界各地的騎士跨越彼此的立場，同心協力抵達這裡後發生的奇蹟……一定是神的指引！」

擔任調查隊隊長的大神官在喊出「神的指引」這句話時瞬間猶豫了一下，但還是順勢繼續喊道：

「不能辜負勇者艾米莉亞的奇蹟！我們要凱旋而歸！帶著奇蹟回去！」

受到這段話煽動的騎士們的吼聲，響徹伊蘇拉．聖特洛。

安特．伊蘇拉所有人類的黎明。

之後，曾在那一萬人裡舉槍大喊的其中一個騎士如此形容當時的場景，實際上這一天也被各國當成黎明之日宣傳，變成奇蹟的日子。

然後，安特．伊蘇拉邁向新的早晨。

※

「累……死……人……了……」

議決當天，逃也似的回到日本的千穗丟下背包，連衣服都沒換就趴在自己房間的床上嘟囔。

「……連支爾格……都還比較輕鬆……」

雖然到被請去異世界的高峰會擔任議長為止都還好，但千穗還是認為那果然超出了自己的能力。大家都太過高估自己的力量了。

尤其是迪恩．德姆．烏魯斯。

千穗之所以會擔任議長，很大一部分是因為迪恩．德姆．烏魯斯在背後施壓。

但即使聽完蘆屋和法爾法雷洛的說明，她還是難以接受。

真要說起來，擅長使用弓箭和能夠勝任會議議長的工作，這兩件事根本就沒有關係。

當然迪恩．德姆．烏魯斯另有指名千穗的理由，但千穗既沒有被告知，就算知道也不會相信吧。

迪恩．德姆．烏魯斯賞識的並非千穗的立場或能力，而是膽識。

「…………」

無論如何，這樣自己真的已經完全從滅神之戰抽身了。

再怎麼樣應該都不會再發生需要千穗幫忙的狀況。

「這樣魔王城……就能夠起飛了……再來是攻打天界……解放質點之子……讓惡魔們移民……讓惡魔們移民……？不對，這個部分再怎麼說都應該交給蘆屋先生他們處理，而且除了法雷先生以外的魔界居民，應該都不認同我是惡魔大元帥吧……嗯……啊，可是他們好像要先降落在魔界。然後艾契斯和阿拉斯．拉瑪斯妹妹的狀態也都還不穩定，之後到底該怎麼辦才好……」

千穗的腦袋像是發燒般亂成一團。

儘管千穗的工作已經結束，但她接下來要開始準備考試，沒有餘裕思考這些事。

「…………真奧哥…………」

沒錯，已經沒有餘裕。

「……我……不後悔。」

她覺得這樣有點卑鄙。

儘管有一部分是因為以議長身分主持高峰會產生的自信影響，但她當時依然是懷著確信做出那樣的行動。

「……都是真奧哥不好……」

千穗趴著向浮現在眼皮底下的真奧模糊的身影抱怨。

「都是因為你一直拖延，才會變成這樣。」

困擾的表情。

驚訝的表情。

某方面來說，這些都是預料之中的事情。

所以。

她這次完全沒有心跳加速。

「啊！」

覺得喘不過氣的千穗起身坐在床上，翻找剛才丟下的包包。

她從包包裡拿出一個小盒子，打開並放到桌上。

裡面裝著用「基礎」碎片做的戒指。

雖然這枚戒指這次也發揮了重要的功效，但考慮到之後的事情，一直將它留在身邊似乎也不太好。

這是「基礎」的碎片。

換句話說，就是阿拉斯·拉瑪斯和艾契斯的一部分。

「把這個還回去後，這次就真的結束了。」

脫口而出的這句話，讓千穗嚇了一跳。

是什麼將會結束？

戰爭？魔王與勇者的戰鬥？還是……

「不對，才不會這樣就結束。大家就是為了這個目的才會召開高峰會和討伐神明。」

等這場戰爭結束，安特·伊蘇拉的聖法氣就會逐漸消失。

換句話說，安特·伊蘇拉的開門術也會消失。

儘管不是馬上就會有影響，但隨著時間經過，往來兩個世界會變得愈來愈困難吧。

「只有我……絕對不會讓這一切結束。」

在Villa·Rosa笹塚二〇一號室一起用餐的人當中，只有千穗是地球人。

大家的故鄉都在離這裡十分遙遠的星球。

「……絕對不會讓事情變成那樣……我都這麼努力了。」

阿拉斯．拉瑪斯和艾契斯的故鄉甚至不是安特．伊蘇拉。

天使的羽毛筆是用大天使的羽毛製作的法具。

如果天使們失去力量，還能繼續使用嗎？

「絕對……不會讓事情結束……」

千穗在陰暗的房間裡，用手指觸摸自己的嘴唇。

「放心吧。事情不會變成那樣。」

「哇呀？」

此時突然出現其他人的聲音，讓千穗嚇得從床上跳起來。

「咦？咦咦咦，是是是誰？」

「我明白妳的擔憂，雖然應該不會像過去那樣輕鬆又不用支付代價，但還是有不少方法。」

「哇，等等，咦，什麼時候？」

千穗陷入混亂。

明明是在自己的房間，她還是急著確認自己的所在地，然後因為發現理應絕對不會出現在

這裡的人物驚慌失措，在察覺危險後不斷在床上後退，將背靠在牆壁上。

「漆、漆、漆、漆原先生，你怎麼會在這裡？」

他到底是從什麼時候開始出現在這裡？

漆原半藏站在千穗房間的正中央。

「從很久以前就在囉？」

「少、少騙人了！我回來時明明沒看見人……！」

「我在喔。而且我不是在妳回來以後才來。其實我從好幾個月前開始，就一直跟妳在一起了。」

「漆原先生，開玩笑也要適可而止……漆原先生？」

這個囂張的語氣和聲音。

身高和表情。

都與千穗所知的漆原一模一樣。

但總覺得哪裡怪怪的。

即使是漆原，應該也不會連個招呼都不打就進來千穗房間。

不對，在那之前，他根本就不會想來這裡吧。

就連走出家門都……

「啊，他最近有出門工作。可是可是！不對！」

千穗的思考和嘴巴都不斷空轉，然後提出一個最根本的問題。

「……你是……漆原先生吧？」

那人的外表、身高和聲音，無疑都是漆原。

但感覺有哪裡不同。

雖然只能說是給人的感覺不同，但那人的表情看起來比較直率，講話似乎也比平常俐落。

不過因為打扮也和平常的漆原差不多，所以果然是漆原非法入侵了這個連真奧都沒進來過的房間吧。

就在千穗這麼想時，眼前的漆原皺起眉頭。

「這樣講也太過分了……」

「咦？」

「……該怎麼說才好……就是妳想的那樣。」

「就是……咦？」

被讀心了。

如果是這樣，那就更讓人不解了。

「你、你不生氣嗎？」

「呃……奇怪的地方也太多了。妳怎麼會知道我讀了妳的心。」

「只要讀我的心就知道了吧？」

「……啊，嗯，抱歉，事到如今，這點程度的事情應該是嚇不到妳。」

「是啊……那麼。」

「嗯。唉，就跟妳想的一樣，我不是妳想的那個『尼特族漆原半藏』。」

「我才沒想到那種程度。」

千穗忍不住吐槽這個把「尼特族」講得像是名字的一部分，擁有漆原外表的某人。

「那麼，你是……」

「人類大致上已經集結在一起。即使未來還會再次分道揚鑣，到時候這個記憶依然會以記錄的形式留在世界上吧。」

「啊……？」

「這個結果是妳造成的。」

「咦？」

「妳將那個世界（安特·伊蘇拉）合而為一。如果沒有妳，就絕對辦不到。」

「呃，那個……」

「不過，還有一個部分依然與那個世界分開。我必須將那部分也合起來。不過，接下來說

的與其說是規矩，不如說是慣例，我只會出現在『將其合而為一』的人面前。拜此之賜，似乎驚動了這顆星球。」

「咦？咦？咦？」

「看一下窗外吧。」

千穗按照指示拉開窗簾。

「哇啊啊啊啊啊？」

一看見貼在窗外的那張臉，千穗就嚇得跌下床。

「……」

「志、志、志、志波小姐？」

Villa・Rosa笹塚的房東，志波美輝遮住了整扇窗戶。

儘管是難以形容的景象，但是千穗還是透過窗戶僅存的空隙，察覺外面還有其他的人影浮在空中。

「咦？」

千穗仔細一看，就發現有不認識的男性一臉嚴肅地浮在空中。

而且還不只一個人。

志波在千穗拉開窗簾後，就立刻後退。

她後面有十一個人影。

有些人明顯不是日本人。

但千穗直覺地理解到。

他們都是質點之子。

千穗對他們散發的氣息有印象。

那是和阿拉斯・拉瑪斯、伊洛恩和艾契斯相同的氣息。

也是他們激動時會散發的氣息。

地球的質點之子正在千穗的房間前面，擺出明顯的備戰姿態。

接著其中一道人影輕輕溜到千穗的房間前面。

「……天禰小姐……」

「打擾了。不好意思嚇到妳，我們是來接那個孩子。」

天禰的語氣不像平常那麼豁達。

千穗只能縮起身子，替天禰讓出一條路。

「話先說在前頭，我沒有害人的意思。會出現在這裡只是偶然的結果。你們也很早就知道這裡有一塊『基礎』碎片吧。」

擁有漆原外表的某人，像是早就知道天禰他們會來般從容地踏出腳步。

「即使如此，這仍是例外中的例外。最近為了預防意外狀況，我們有派人監視附近的『基礎』碎片。原本以為最先出狀況的應該會是阿拉斯・拉瑪斯妹妹……沒想到居然是千穗妹妹。」

在阿拉斯・拉瑪斯第一次和惠美遠距離分離的那一天監視真奧等人的，大概就是志波他們這些人吧。

「嗯。所以我也能理解你們為什麼派出這麼大的陣仗來迎接。不過你們應該也有一直在監視佐佐木千穗，很清楚她是不會做出蠢事，也沒能力做出蠢事的人吧？我想不需要像這樣威脅她吧？」

「人都會變。誰也無法預測未來。」

「我們在這裡討論這種事也沒用。畢竟我也一樣無法預測未來——大黑天禰小姐。某方面來說，妳的存在也是所有人都無法預測到的未來結果之一吧？」

「……嗯，唉，是這樣沒錯。」

「放心吧。那個世界大致上已經整合好了。唉，雖然還不確定是不是所有方面都能圓滿解決……」

擁有漆原外表的男子，輕輕飛向天禰與志波替他讓出來的路。

「那、那個！」

「嗯？」

千穗朝他的背影問道。

「你該不會是……」

「唉，我也跟妳現在想到的那個人差不多。」

「咦？」

男子在空中停住，回頭露出實在不應該出現在漆原臉上的爽朗笑容。

「只要有那個意思，想閉門不出多久都沒問題。」

「咦？」

「哈哈哈，現在有很多可怕的人在盯著，我差不多該走了。下次見面時……說不定……」

男子筆直指向千穗的胸口。

「妳的心上人已經有答案了。」

「喂！」

單純讀心是沒什麼關係。

但這句話也太侵犯隱私了。

「抱歉抱歉，太過侵犯妳的隱私了。不過妳那麼做還真是大膽呢。」

「你你你你？」

「繼續努力吧。我會替妳加油。作為曾在妳的手指上，持續接觸妳精神的人。」

「我才不會再進一步努力！」

這句話在各方面來說，都是千穗的真心話。

天禰應該也明白這點吧。

只見她稍微合掌露出愧疚的表情後，就和志波他們一起圍著擁有漆原外表的男性，消失在天空中。

「在收到另一半獎勵前，我都不會再努力了！」

千穗如此宣告，但她眼前只剩下沉默的天空。

※

「真是的，為什麼我得做這種事。你們最近是不是把我當成雜工了？」

用力將沉重的附近超市塑膠袋放在榻榻米上的，是板著一張臉的沙利葉。

Villa・Rosa笹塚二〇一號室的正中央鋪了一床棉被，躺在那裡的真奧貞夫一臉憔悴地轉過頭看向玄關的沙利葉。

「……不好意思。利比科古今天整天都要上班，其他人現在也很忙。放在那邊就行了……」

我晚點會自己整理。」

看見真奧說完後打算起身，沙利葉皺起眉頭說道：

「不用了，你躺著吧。裡面有玻璃瓶，要是你跌倒害自己被玻璃碎片割傷，之後會很麻煩。」

「呃，可是……」

「你躺著就對了。」

儘管語氣粗魯，但沙利葉這句話背後意外地隱藏了像常人那樣關心真奧身體狀況的氣息。

真奧重新躺下，用力吐了口氣。

「……不好意思，隨便塞到冰箱裡就好。」

「嗯。」

沙利葉走進二〇一號室，俐落地將塑膠袋裡的食材放進冰箱。

「感覺裡面都是些對病人身體不好的食材呢。」

「大概是利比科古吧……他不僅食量大，口味也像個小孩子……」

「我就幫忙幫到底，順便幫你煮個粥吧。」

「……你對我這麼親切，反而讓我覺得詭異。」

「隨你說吧。我也不是自願的。等一切結束後，你可要記得跪在岩城店長和木崎小姐腳

邊，用你的後腦杓把她們的鞋底擦乾淨。要不是岩城店長和木崎小姐拜託我，其他人的請求我才不管呢。」

這個命令裡實在包含了太多沙利葉個人的興趣。

「……嗯，如果沒做到那種程度，就太對不起她們了。」

真奧意外坦率地答應了。

沙利葉反而因此露出狐疑的表情，但他沒有繼續聽真奧說話，自然地走向廚房。

「……所以呢？我聽他們說你的身體狀況變得很差，到底發生了什麼事？你們那些亂七八糟的計畫大致進行得很順利，接下來終於要進入重頭戲，也就是即將展開最終決戰了吧？雖然在這時候講這個也太沒勁了，但你是被誰傳染感冒了嗎？」

沙利葉拿起菜刀準備切菜時，如此問道。

「……啊～」

真奧意識模糊地呻吟了一聲後說道。

「……我被親了。」

「……啊？」

「……小千……對我做出愛的告白後親了我……然後……魔力就從體內……」

真奧的聲音小到差點被街上的噪音蓋過，但還是確實傳入沙利葉的耳裡。

原本基於善意與慈愛之心準備切韭菜和蔥的沙利葉，突然想要克盡身為大天使的本分，將菜刀尖端指向魔王。

「魔王……魔王，你這是在挑釁我嗎？還是在炫耀？啊？」

他的聲音變得有些激動，但真奧繼續以微弱的聲音說道：

「……喂，沙利葉。」

「幹什麼？我現在很想把水仙的莖和韭菜搞錯，加進你的粥裡……」（註：水仙的莖含有叫拉丁可的有毒物質，會引發嘔吐和腹痛等症狀。）

「被人所愛到底是怎麼回事？」

「…………啊？」

這個唐突的問題，阻止了大天使的殺意和魔王毒殺計畫。

「呃……雖然我理論上是能夠理解。我很清楚……我把阿拉斯・拉瑪斯當成家人在愛，阿拉斯・拉瑪斯也把我當成『爸爸』在愛……所以……可是，我……」

魔界之王對困惑的大天使說道：

「我不懂來自立場同等的對象的愛。」

「…………啊？」

聽完衰弱的真奧吐出的那些不曉得是夢話還是亂說的話後，沙利葉單手拿著菜刀，露出困

惑的表情。

——待續——

作者，後記 — AND YOU —

接下來我想問大家幾個問題。

我想很多人都有在牙醫或健康檢查時的問診單上，看過關於刷牙頻率的問卷調查，但大家一天都刷幾次牙呢？

國小畢業以後，我想除非是遇到身體真的很不舒服或累到不小心睡著的狀況，否則一天最少會刷一次牙，有人每次用餐完都會刷牙，也有人不會在職場或學校刷牙，所以只有早晚各刷一次。

只在睡前刷一次牙的人應該也滿多的。

無論擁有哪一種習慣，每餐飯後都會刷牙的人應該會對只在睡前刷一次牙的人感到難以置信，一天只刷一次牙的人也可能會覺得每餐飯後都刷牙的人做得太過頭了。

刷牙如同字面上的意思，是與牙齒和口腔周圍的清潔直接相關的習慣。

是一種即使關係沒有特別親近，也會大大影響別人印象的習慣。

那麼，突然換下一個問題。

各位家裡都是多久打掃一次浴室、廁所和洗臉臺呢？

如果平常會泡澡，那可能會每天打掃，如果是沖澡，可能就不會那麼神經質地打掃。

有些人每天都會打掃廁所，有些人會等廁所明顯變髒後再打掃。

洗臉臺也一樣，有人會每天打掃，有人會等水垢開始變明顯才打掃，應該各式各樣的人都有吧。

最後，請問大家都是怎麼洗碗呢？

可以接受將有沾到油的餐具和沒沾到的餐具疊在一起嗎？

放進瀝水籃裡時，是會整齊排好，還是隨便疊起來。

從瀝水籃放進餐具櫃時，是會等乾了就直接放進去，還是考慮到碗底或碗底旁邊可能還會有點溼，另外用布稍微擦乾呢？

到了這個地步，每個階段可能發生的狀況都太多了，光分類就很麻煩。

現在就連使用洗碗機，都能分成不管洗碗機的正確使用方式，吃完後就直接放進去的人，和會先稍微沖一下再放進去的人。

雖然可能會有人想問這些問題到底是在搞什麼，但其實這些全都和『使用水的習慣』有關。

該怎麼做比較好這件事，沒有絕對的標準。

洗碗機可能會有廠商指定的正確使用方式，但用水習慣的差異往往和這些理由無關。

令人困擾的是，「用水習慣的不同」偶爾會對人際關係造成致命性的影響。

而用水習慣完全和自己一樣的人也意外地少。

堅持用刷毛「偏硬」的牙刷將牙齒刷得很乾淨的人，可能在打掃熱水器以外的部分時非常隨便。

在打掃浴室時，要連地板、鏡子、毛巾架和其他地方都一起洗乾淨才會滿意的人，可能會若無其事地將沾了乾燒蝦仁醬汁的盤子和飯碗疊在一起。

堅持會放進嘴巴的水、冰塊和熱水都要經過濾水器過濾的人，可能會毫不猶豫地用泡澡剩下的水洗衣服。

這些都是與主觀的「清潔感」直接連結的行動，與正不正確或有沒有效率無關，「用水習慣」就是那個人培養出來的生存方式。

因此除非是一個星期只刷一次牙或一年只打掃一次廁所這類遠遠脫離一般常識的狀態，否則這方面的事情在社會上沒有絕對的對錯，如果主張自己的習慣才是絕對正確並要求別人接受，就無法建立和諧的人際關係。

所以這種時候就需要互相對話和讓步。

面對自己習慣以外的可能性，不應該直接拒絕，而是要先觀察和仔細思考，如果可以接受就讓步，如果絕對無法接受就要徵求對方的理解，雙方互相討論為什麼會認為自己的習慣是正確的。

無論對象是家人、情人還是朋友，在一起生活時都不能輕忽這點，我在執筆本書時，周圍的環境經常讓我深深覺得這才是讓關係長久持續下去的祕訣。

從出生開始在各方面的習慣就不一樣的兩人，將要開始一起生活，這是本書劇情的重點之一。

一開始動不動就要打打殺殺的兩人，總算學會透過對話解決問題，所以可以的話，作者也不希望他們再次恢復必須打打殺殺的關係。

雖然結局如何還是要看接下來的劇情發展，但這個故事也快要步入尾聲了！

那麼，我們下一集再見！

國家圖書館出版品預行編目(CIP)資料

打工吧!魔王大人 / 和ヶ原聡司作 ; 李文軒譯. --
初版. -- 臺北市 : 臺灣角川, 2020.05-
冊 ; 公分
譯自 : はたらく魔王さま!
ISBN 978-957-743-744-0(第20冊 : 平裝)

861.57 109003304

Kadokawa
Fantastic
Novels

打工吧！魔王大人 20

（原著名：はたらく魔王さま！20）

2020年5月27日　初版第1刷發行

作　者：和ヶ原聡司
插　畫：029
日版設計：木村デザイン・ラボ
譯　者：李文軒

發行人：岩崎剛人
總經理：楊淑媄
資深總監：許嘉鴻
總編輯：蔡佩芬
編　輯：黎夢萍
美術設計：黃永漢
印　務：李明修（主任）、張加恩（主任）、張凱棋

發行所：台灣角川股份有限公司
地　址：105台北市光復北路11巷44號5樓
電　話：（02）2747-2433
傳　真：（02）2747-2558
網　址：http://www.kadokawa.com.tw
劃撥帳戶：台灣角川股份有限公司
劃撥帳號：19487412
法律顧問：有澤法律事務所
製　版：尚騰印刷事業有限公司
ISBN：978-957-743-744-0

HATARAKU MAOU SAMA! Vol.20

Edited by 電撃文庫
First published in Japan in 2018 by KADOKAWA CORPORATION, Tokyo.
Complex Chinese translation rights arranged with KADOKAWA CORPORATION, Tokyo.